Lea Olkkonen

VARIS-TERAPIAA

© Lea Olkkonen
Kustantaja: BoD – Books on Demand, Helsinki, Suomi
Valmistaja: BoD – Books on Demand, Norderstedt, Saksa
ISBN: 978-952-805-123-7

ESIPUHE

Alkusysäys tarinoille on muistoissani, niiden nostattamissa tunnelmissa.
Joskus kertomukset karkaavat yli todellisuuden, totuuden rajojen ja
lopputulos syntyykin silloin tekstin ehdoilla, ei pelkästään muistijälkien
pohjalta. Kuitenkin pääosin tapahtumat, tunnelmat ovat minulle tosia.

Tarinat eivät etene tarkasti aikajärjestyksessä, vaikka mahdollisuuksien
mukaan olen siihen pyrkinyt.

Muisti on mielen maisema. Ja näihin näkymiin tarjoan nyt matkalippua!

Omistan kirjan Suville ja Villelle.

Kiitos Seppo-veljelle hyvistä neuvoista ja kirjan taittamisesta.

Riihimäellä huhtikuussa 2022

Lea Olkkonen

SISÄLLYSLUETTELO

LAPSUUS 7

Sairaala

Niijaaminen

Vallankäyttöä

Juha

Kurkistus isään I

Kurkistus isään II

Koti-ikävä

Painajaisia

Hämärät huoneet I

Hämärät huoneet II

Hämärät huoneet III

Vanha tammi

Syli

Joki

Leikkikoulussa

Ainainen päänsärky

Kiljuset

Antti

Ikäkysymyksiä

Heinolassa I

Heinolassa II

Munkkiniemessä

NUORUUS   51

Nuukahtaneet kukat

Kutistun nukeksi kenkälaatikkoon

Välimerkki

Nuoret kadulla

Teinin kosto

Ähtärissä

Liftireissu

Epämääräinen tapaus

AIKUISUUS   69

Jouluinen tarina

Kirje äidille

Keltainen asetelma

Kirjoittajakurssilla

Työssä hoitajana

Kämmenen kokoinen tarina

Kohtaaminen

Kaivolla

Muutto

Valkoisen paperin kammo

Eräs inventaario

MÖKILLÄ TAPAHTUU   89

Saunarannassa

Mökillä tapahtuu I

Varis-terapiaa

Mökillä tapahtuu II

Mökillä kevätaikaan

Varhain

Vähän respektiä

Syreeneitä odotellessa

Mökillä tapahtuu III

Linnunrata

Öisin

LAPSUUS

Äiti huutaa yöllä,

isä rauhoittelee.

Aamulla

äidin katse musta,

suun viiva kireä.

Tyttö

hakee kuvakirjan

järjestelee päivän

leikkejä.

SAIRAALA

Olemme viemässä äitiä sairaalaan. Minä pelkään lääkäreitä hirvittävästi, mutta nyt on kysymys äidistä, ei minusta ja siksi kaikki on pelkästään jännittävää.

Taksin nahkaistuimet ovat pulleat ja mustat ja tuoksuvat hyvälle. Puiset osat auton sisällä kiiltelevät. Tuhkakupit ovat erityisen kiinnostavia. Ne ovat koristeelliset ja puhtaaksi hinkatut ja löytyvät käsinojista. Kuljettajalla on harmaa lippalakki. Olen innoissani. Ymmärrän, ettei tämä ole jokapäiväistä huvia.

Sairaalassa äiti sisäänkirjoitetaan. Pitkät harmaat käytävät, suuret korkeat huoneet, aivan uudet tuoksut, valkotakkiset lääkärit hämmentävät, pelottavat ja kiihdyttävät mieltäni. Onneksi isä on mukana.

Luokseni saapuu nuori hoitajatar. Voi, kuinka kaunis hän onkaan! Unohdan prinsessaleikit ja tuijotan hänen ihanaa valkoista asuaan ja päähinettä, jossa on jänniä sinisiä raitoja. Ja kuinka ihanasti hän hymyilee minulle! Olen maani myynyt, rakastunut, tiedän, mikä minusta tulee isona! Sairaanhoitajatar!!

Viemme äidin huoneeseensa. Sitten hoitajatar kysyy, näyttäisikö hän minulle vähän paikkoja täällä sairaalassa. Olen imarreltu ja ihastuksissani. Lähdemme hissirivistöä kohden. Hoitajat kulkevat ohitsemme valkoisissa kengissään helmat suhahdellen. Suurissa saleissa istuvat potilaat vilkuttavat ja hymyilevät - minä olen melkein kuin keskipiste ja siitähän minä tykkään. Hissillä mennään Korva-, nenä- ja kurkkutautisairaalan yläkerroksiin. Hoitajattaren hymy ei hellitä, sitä tulee kuin runsauden sarvesta, mutta minähän kaipaan juuri hymyä, se ruokkii minua. Hoitajatar haluaa näyttää

minulle leikkaussalin, missä äidin nielu- ja kitarisat leikataan, sillä
jos minusta kerran tulee sairaanhoitajatar, on varmasti
mielenkiintoista nähdä leikkaussali. TOTTA KAI !!
Leikkaussalissa on hämärää. Teräs kiiltää, tuoksu on outo, vähän
pelottava. Hoitajatar kertoo, että tuohon tuoliin äiti sitten istuu,
haluaisinko ehkä kokeilla? Minähän olen jo kiivennyt tuoliin ja se
onkin hyvin miellyttävä, varsinkin kun selkänojaa käännetään
rentouttavasti taaksepäin.
Sitten hoitajatar ottaa käteensä lampun kuupan näköisen kopan ja
sanoo, että se pannaan äidille kasvojen eteen ja että myös sitä
saan kokeilla. Minä jo kurkottaudunkin innoissani kohti kuuppaa ja
petoksen tajuan hetkellä, kun kuuppaa ei irroteta kasvojeni päältä,
vaan potkien, vääntelehtien ja vastaan hangaten putoan syvälle
ansakuopan mustaan tyhjyyteen ja alan nähdä unta erivärisistä
pisteistä, palloista, pyörylöistä, etääntyvistä, lähentyvistä,
päällekkäisistä, uhkaavista, tanssivista, minua tuijottavista, kunnes
herään potilashuoneessa omaan huutooni, pelästykseeni, hätääni.
Vieras hoitaja pitää tiukasti kiinni ja sanoo, ettei saa huutaa,
muuten haava aukeaa ja pitää leikata uudestaan. Eikö hän
ymmärrä, etten voi lopettaa itkua ennen kuin isä tulee. Äiti on jo
leikattu ja makaa viereisessä sängyssä silmät kiinni. Hän ei voi
puhua eikä häntä saa häiritä. Parun siis kun en muuta voi. Lopulta
isä tulee. Hänen sylinsä on kuin puolustuslinnan vahvat muurit,
suojaavat varustukset. Nukahdan ja kun herään, vaivat tuntuvat
olevan ohi.
Äiti sairastaa muutaman päivän. Hän ei puhu, makaa silmät kiinni,
häntä ei siis saa häiritä. Mutta minullapa onkin muuta tekemistä.
Istun kanslian nurkassa ja leikin sairaanhoitajaa. Välillä saan
kastella osaston kukkia ja kulkea hoitajan kanssa käytävällä.
Potilashuoneisiin en saa mennä, kynnykselle vain. Isä käy
katsomassa ja tuo tuliaisia. Äitikin toipuu muutamassa päivässä
leikkauksesta.

Kotona järjestän vihreän leikkinurkkaukseni sairaalaksi ja hissin virkaa tekevä keittokomero on ahkerassa käytössä, kun minä ja nukkepotilaani menemme tutustumaan yläkerran leikkaussaleihin.

NIIJAAMINEN

Minä olen hyvä pallopeleissä ja niijaamisessa. Onpa kummallinen sana, niijata, niijata niksauttaa. Tykkään niijata. Äiti ja isä ovat käskeneet, että on niijattava, sanottava nätisti päivää ja avattava kohteliaasti rappukäytävän ulko-ovi sisään pyrkijöille.

Olen 5-vuotias, mutta ymmärrän, että niijaamisesta on monenlaista hyötyä. Esimerkiksi naapurin tädiltä voi saada hopealautasella keksejä, montaa eri laatua, jos vaan uskaltaa soittaa ovikelloa ja sitten niijata niksauttaa. Tädillä on aina ihana leninki, ihan tavallisena arkipäivänäkin. Siinä on kapea vyötärö ja kävellessä helmat hulmahtelevat ihanasti.
Täti asuu perheensä kanssa isossa avarassa huoneistossa, paljon isommassa kuin minä.

Lihakaupan setä tykkää äidistä ja minusta. Aina syntymäpäivänäni saan häneltä litran jäätelöpakkauksen ja ihan ilmaiseksi. Kyllä minä silloinkin niijaan kohteliaasti.

Von Hertzenin tädille on niijattava siksi, että hän omistaa koko talon ja ottaa asukkailta vuokraa. Äiti ja isä pelkäävät, että vuokra taas nousee ja sen tähden niijaaminen on suoritettava erittäin huolellisesti.
Täti ei koskaan hymyile.. Hän näyttää vanhalta peikolta punaisessa, sekaisessa tukkapehkossaan kasvoineen, jotka ovat kuin rypistettyä paperia. Aika pelottavaa.

Sitten on tämä setien tapaus. Munkkiniemen rannassa sijaitsee kuulkaas hienon hieno ravintola, niin hieno, että siellä esiintyvät maailman kuuluisimmat taiteilijat, näin sanoo äiti ja naapurimme

Aantaan täti majoittaa heitä. Kuinka kauniita he ovatkaan, kaikki kolme miestä!

Heidän pukunsa hohtavat harmaalle, he kävelevät notkeasti, miltei tanssien, napsauttelevat sormiaan, nauravat, hymyilevät ja taputtavat poskelle, kiittävät minua oven avaamisesta omalla kielellään Olen kertakaikkiaan otettu! Ja he ovat oikeita ihka aitoja neekereitä, kuin tummaa suklaata! Olen kissa kermakupilla kelliessäni heidän hymyilevässä, hyväntahtoisessa ilon autereessaan, joka seuraa heitä kaikkialle. Juoksen vaikka kesken pallopelien kadun toiselta puolen heitä tervehtimään ja niijaamaan ja vaikka kuinka monta kertaa joka päivä.

Hiljaisina iltapäivän tunteina kuuntelen naapurista trumpetin ja pianon soittoa. Äiti sanoo, että he harjoittelevat iltaa varten.

Eräänä päivänä sedät ovat lähteneet. Se on surullista. Sedät ovat olleet parasta niijaamisessa. Toivon, että he tulevat jonakin päivänä takaisin. Odotellessa pelataan palloa Hannen kanssa ja leikitään maailmankuuluja tähtiä. Usein ollaan tanssijattaria. Isä kuuluttaa leikisti, että nyt Kalastajatorpalla esiintyvät maailmankuulut tanssijattaret Lea ja Hanne ja sitten me Hannen kanssa liitelemme ympäri huoneiston.

VALLANKÄYTTÖÄ

Lea on päättänyt olla pissaamatta. Hän on jo valmiiksi vähän kipeä ja sängyssä eikä pääse ulos leikkimään. Lea tekisi nyt yhtä hassua kuin paras kaveri Hansuli, joka oli salaa äidiltään nukkunut koko yön täysissä pukeissa peiton alla! Ajatella, ulkovaatteissa - eikä Eine-täti ollut huomannut mitään. Kyllä Hansuli oli aika rohkea ja sitten niin pollea, että Leaa ihan ärsyttää. Siksi Lea haluaa pistää paremmaksi ja keksii lopettaa pissaamisen. Heillähän kotona tapahtuu kaikkea outoa. Äiti saa usein kaikenlaisia sairauskohtauksia, miksei siis Leakin voisi saada sellaista kohtausta.

Aamupäivä kuluu sängyssä mukavasti Aku Ankkoja ja Tammen Kultaisia Kirjoja selaillen, lukemista leikkien, sillä ulkoahan Lea lehdet ja kirjat jo osaa. Kunpa Hansuli nyt tietäisi mitä salaperäistä Marttisilla puuhataan, kyllä täälläkin osataan olla vähän tuhmia. Sänkyyn tarjotaan juomia ja muutakin hyvää, pottaakin tarjotaan. Miksi potta? Enhän minä enää mikään vauva ole.

Sänky on arkihuoneessa keittiön vieressä, joten Lea on tapahtumien keskipisteessä. Äiti häärää pienessä keittokomerossa, ruoka tuoksuu ja isä kulkee edestakaisin, laulelee kis-kis-kis ja pis-pis-pis, mutta potilasta se vaan naurattaa. Lea ei sitä itse ymmärrä, mutta ulkopuolinen kertoja voisi todeta, että huomiota tyttärelle satelee nyt aivan kuin äidille kohtausten aikana ja Leahan suorastaan sädehtii. Hänet houkutellaan potalle ja siinä hän istuu perheen ympäröimänä kuin kuningatar alamaistensa keskellä, hallitsee ympäristöään ihastuneesti hymyillen, vain kruunu puuttuu suortuvilta.

 Pissaa ei tule.

Veli saapuu kotiin ja vanhemmat kertovat huolensa hänelle. Potilas on jo vähän ikävystynyt. Pissahätäkin vaivaa, mutta veljen tullessa kaikki kääntyy taas hauskaksi. "Tahdotko ratsastaa harteillani", veli kysyy. Tätä leikkiä ei olekaan ikinä aikaisemmin leikitty - veli pomppii, hyppii ja laukkaa. Se on hirveän hauskaa ja Lea haluaa enemmän ja nopeammin, mutta veli väsyy lopulta ja tytön on mentävä takaisin sänkyyn. Päivä jatkuu. Nyt on jo kova pissahätä ja pidättäminen sattuu alavatsaan. Äiti ja isä sanovat, että pitää kutsua lääkäri. Lea kauhistuu. Hän pelkää lääkäreitä aivan yhtä paljon kuin äidin sairaskohtauksia. Nämä kaksi asiaa liittyvät niin kiinteästi toisiinsa, ettei tyttö tiedä, mikä on syy, mikä seuraus.

Naapurin lääkärisetä käy aina joskus hoitamassa äitiä ja kun ovikello soi ja eteisessä erottuu sedän ääni, kuuluu arkihuoneesta mahtava lorina ja kova parku "ei lääkäriä, ei lääkäriä". Lopulta kaikki päättyy hyvin. Äiti ja isä myhäilevät. Veli kohottelee kulmiaan ja lähtee kavereiden luo. Ja Lea tuntee itsensä voittajaksi. Onhan hän päässyt karkuun, pelastautunut lääkärin kynsistä.

JUHA

Juha juoksee edellä, talon tuleva isäntä. Niityn poikki, metsän rajaa pitkin, peltoja hipoen, kivien ja saniaisten lomitse ja vasta aitauksen luona pysähdymme vain kiivetäksemme sen yli hevoshakaan.

Juha hyppää hevosten sekaan hihkuen pojankoivet vilkkuen kuin osana laumaa kavioiden sekamelskassa. Minä seison keskellä hakaa harmaan kiven suojassa. Hevoset juoksevat hirnuen ympyrää kuin Tivolin karusellissa harjat ja hännät hulmuten . Olenko koskaan nähnyt noin montaa hevosta yhtä aikaa? Haistan niiden hien, aistin nurmen, kukat, heinän, päivän kirkkauden, aistin seikkailun, niin täysin jännittävän ja ennen kokemattoman, etten heti edes huomaa Juhan isää ja äitiäni, joka huutaa nimeäni aidan vieressä. Meidän käsketään olla paikoillamme ja Juhan isä hakee meidät pois haasta. Sen päivän leikit on leikitty.

"Vaarallista", "voivat potkaista", "sinne et enää koskaan mene", ja "tottelet kun sanotaan" - kuin usvan takaa muistan torut.

Yleensä vietämme joka kesä muutaman viikon täysihoidossa jossain päin Suomea ja nyt olen matkallamme tavannut Juhan. Seuraavana päivänä Juha haluaa näyttää minulle jotakin. Hiivimme talon syrjää pitkin sen takaosaan. Maa on kosteaa, on nokkosia, joita pitää varoa, heinänvarret ja koiranputket ovat vallanneet alan. Seinän hirret ovat harmaita, vanhan näköisiä. Yhtäkkiä Juha pysähtyy ja näyttää räystäältä roikkuvaa harmaata kekoa, kuiskaa, että se on mehiläispesä. Juhalla on pitkä keppi kädessään ja hän lähtee hiipimään lähemmäksi. Minä jättäydyn kauemmaksi ja kun Juha sohaisee kepillä pesää ja pinkaisee sitten karkuun, ymmärrän, että nyt ei osumia saa tulla. Hyppään äkkiä syrjään, väistän ja pakenen aivan kuin polttopallossa, jossa olen hyvä. Juha saa kymmeniä ampiaisen pistoja ja hän joutuu vuoteenomaksi. Minä selviän ehjin nahoin pakoon.

Istun täysihoitolan keittiössä. Äitiä ja isää ei näy missään. Ympärilläni on naisia, jotka kertovat minulle, että jos on tuhma, tulevat mustalaiset, pistävät säkkiin ja vievät pois.

Naiset valmistavat ruokaa isoissa porisevissa kattiloissa, kalisuttelevat isoja, teräviä lihaveitsiä leikkuulautaa vasten, tummat, konkkanenäiset naiset. Yhtäkkiä olen aivan varma , että naiset ovat mustalaisia, mutta en uskalla juosta ulos, sillä keittiön ovi avautuu metsään, jossa lisää mustalaisia odottaa säkkien suut avoimina. Mitä teen? Missä äiti ja isä ovat?

Lopulta pääsen katsomaan Juhaa.

Seison huoneen kynnyksellä. Pitemmälle minua ei päästetä.

Huone on suuri ja valoisa. Pitkiä, iloisen värisiä räsymattoja on lattialla ja Juhan sängyn pääpuolessa avoimesta ikkunasta tulviva ilma heijaa hiljaa vaaleita pitsiverhoja.

Kun Juha huomaa minut, hän yrittää nousta ylös. Turvonnut pää kenottaa pystyssä ja suu käy kovin, mutta 60 vuoden takaa en erota ääntä, enkä saa sanoista selvää. Ilmeisesti hänellä on paljon suunnitelmia varallemme, jahka vain pääsee ensin sängystä ylös. Näin uskon. Peremmälle huoneeseen en siis saa mennä ja pian minut ohjataan pois Juhan luota.

KURKISTUS ISÄÄN 1

Ollaan isän kanssa sunnuntaikävelyllä. Minulla on uudet, hienot polvisukat ja punaruudullinen puolihame ja hieno uusi hellehattu, jossa on värikkäitä rimpsuja reunoilla.

Tänään kävellään Munkkiniemen rantaa pitkin huvivenesataman ohi. Rannan kävelytietä reunustavat korkeat vanhat puut. Ilmassa on kesää, veden ja vihreän heijastuksia. Linnut kirkuvat ja niiden siipien terävät viillot piirtyvät taivaalle. Ilmassa aavistaa meren ja suolan ja juuri leikattujen pihanurmikkojen tuoksun.

Isä katselee veneitä, puhelee, että ostetaanko mekin vene? Tiedän, että isä tykkää veneistä, äiti ei. Muumi-papan lailla isä kaipaa seikkailua, myrskyjä ja sankaruutta ja äitiä ja minua ruumaan leipomaan pullaa ja valmistamaan ravitsevaa kaakaota. Kyllä, hihkaisen riemastuneena, ostetaan mekin vene! Mennään vaikka heti ostamaan! Mutta mikä isälle tuli? Hän on yhtäkkiä kaukainen, hiljainen, tyhjä - pelkkä surullinen kuori, tuulen vietävä! Äiti sanoisi, että omissa ajatuksissaan. Ei meillä taida olla rahaa ostaa venettä, isä sanoo. Katson isää sivulta varovasti. Jos nyt kurkistaisin hänen päänsä sisään siellä olisi pelkkä musta tyhjä rotko, jonne isä siis on nyt hetkellisesti minulta kokonaan hävinnyt. Tuntuu vieraalta ja pelottavalta. Jotakin isän taakasta, tyhjyydestä siirtyy minuun, kiemurtelee sisuksiini kuin käärme viattomuuden puutarhaan.

Ensimmäisen kerran juuri tuolla hetkellä koen häivähdyksen aikuisten maailmasta - rahan ja vaurauden maailmasta, mutta en tietenkään vielä näillä sanoilla. Pikemminkin aavistan, että isä ei ehkä olekaan voittamaton.

Vuosien saatossa kurkistan isän pään sisälle useamminkin. Maailmankuvan hiljalleen laajetessa myös käsitys isästä muuttuu. Tuntuu, että isä, joka on lukenut minulle satoja satuja, keksinyt ne itse tai lukenut satukirjoista, joka on leikkinyt kanssani ja lauluilla loitsinut pelon pois painajaisten piinatessa, yhä useammin kutistuu kokoon, kuivettuu, käpristyy, muuttuu tyhjäksi kuoreksi, tuulen vietäväksi, huutaa äidille: Me olemme köyhiä, meillä ei ole mitään, ei omaa asunto-osaketta, ei edes autoa...

Minut passitetaan silloin ulos. En juokse risteyksen yli Hansulin luo. Menen omalle pihalle, jossa en juuri koskaan leiki. Piha on iso, mutta korkeat puut varjostavat siitä suuren alueen. Äiti ja isä varoittavat jatkuvasti rotanmyrkystä, jota on levitetty roskalaatikkojen ympärille, siihen voi vaikka kuolla.

En osaa kysyä: Olemmeko me köyhiä ja jos olemme köyhiä, olemmeko silloin muita huonompia?

Ensimmäisiä kertoja elämässäni olen tilanteessa, jossa joudun vertaamaan itseäni muihin. Isän viha, pettymykset ja katkeruus satuttavat, isän voimattomuus ja alistuminen järkyttävät, vaikka nämä sanat löytyvät vasta paljon myöhemmin. Jotakin minussa kuitenkin järkkyy, epämääräinen pettymys alkaa kasvaa sisälläni. Murrosikäisenä ajattelen, että sukuvaakunaamme, jos siis sellainen olisi, voisi kunniakkaasti kirjata perheemme moton: Huonommuus, Häpeä ja Alistuminen.

 Hei, elämänhän tulisi olla kivaa! Olisipa isä hehkuttanut, että me sitten ollaan hyvä porukka, me ollaan ihan tarpeeksi hyviä!

KOTI-IKÄVÄ

Minulla on usein ikävä äitiä. Ikävä on kuin sadun velho, joka
kietaisee lapsen valtavan viittansa sisään, imaisee poimuihinsa ja
syöksyy kauas mustaan avaruuteen, missä kaikki on ikuisesti
hiljaista ja yksinäistä eikä sieltä pääse milloinkaan pois. Silloin
tulee itku. Niinkuin aina esimerkiksi Hansulin maalla Ylämaa
Ihalaisessa vaikka meillä olisi kuinka kivaa.

Täällä on vanha, iso punainen talo, jossa viettää kesää Hansulin
mummi, ukki ja Hilkka-täti. Talossa on isot huoneet, avara veranta
ja paljon ikkunoita ja valkoisia pitsiverhoja, jotka liehuvat hauskasti,
kun tuuletetaan. Kauempana metsän reunassa on Hansulin isän
ja äidin kesämökki.

Tänne johtaa pitkä rantatie, jonka ukki omistaa. Se päättyy
veräjään juuri ennen kylätietä. Ukilla on rantatiellä ihan oma
tuumintapenkkinsä, jota muut eivät käytä. Hansulin mummi kertoi,
että ukilla on ikävä Karjalaan ja hänestä penkiltä avautuva
maisema ja vastarannan jyrkät kalliot ovat ihan kuin kotona
Karjalassa. Ukillakin on ikävä. Aikuisten ikävä.

Me tehdään täällä kaikkea jännää. Uidaan, saunotaan ja pelataan
pelejä. Eine-täti tekee ihanaa ruokaa, usein ihan mikä meistä olisi
hyvää, esimerkiksi paistetut perunat ja meetwursti ja jälkiruuaksi
jäätelöä ja limsaa.

Hansulin kanssa ollaan jo niin isoja, että saadaan soudella
kahdestaan. Silloin tuntuu, että ollaan melkein kuin aikuisia. Kerran
mentiin ilman lupaa kiipeilemään vastarannan jyrkille kalliolle.
Hansulin ukki istui tuumailupenkillään ja näki meidät. Se
souteleminen oli kerrasta poikki. Mutta pyörällä me kyllä ajellaan.
Eilen ajettiin pitkä lenkki. Avattiin veräjä ja jatkettiin kylän
hiekkatietä ylös, alas ja kurvit suoriksi. Poimittiin niityllä
ruiskaunokkeja. Niitä oli vaikka kuinka paljon. Tuntui ihan kuin

seikkailtaisiin Viisikko-kirjassa. Minä ajattelin, että ei ole yhtään ikävä äitiä, ei sitten yhtään. Eikä ollut, ihan totta.

Yhtenä päivänä käytiin ukin autolla Lappeenrannassa syömässä jäätelöt. Ukki ajoi lujaa ja mäkipomput niin, että masusta vihlaisi ja meitä nauratti hirveästi.

Illalla sitten tuli äitiä ikävä. Katselin mökin ikkunasta ulos rantatielle ja odotin, että äiti ilmestyisi tielle mustassa paremmassa jakkupuvussaan, matkalaukku kädessä, vakavana kuten aina, hakemaan minut kotiin. Maiseman yllä oli tumma varjo. Kun Eine-täti huomasi, että itken, hän kaappasi minut syliinsä ja kuinka lämmin, turvallinen ja lupauksia täynnä tuo syli oli. Mutta se oli väärä syli. Paruin ja häpesin yhtäaikaa. Hansuli istui nurkassa ja katseli hiljaisena. Nukahdin tädin syliin.

Seuraavana aamuna aurinko paistoi, eivätkä tummat varjot pyrkineet mieleen. Hansuli murjotti, katsoi ilkeästi ja sanoi, että "Lealla ei ole oikeutta istua minun äidin sylissä. Vain minulla on se oikeus." Ja sitten vedettiin ja kiskottiin toisiamme tukasta, kunnes Eine-täti tuli väliin, ja otti molemmat syliinsä. Eine-täti antoi ylimääräisen annoksen kaakaota ja kun Eine-täti vielä sanoi, että Hansuli pitää nyt sitten mölyt mahassaan niin meitä alkoi ihan hirveästi naurattaa. Ja kyllä me sitten taas oltiin kavereita ja keksittiin vaikka mitä kivaa.

PAINAJAISIA

Minulle luettu iltasatu ilmestyy uneeni. Prinsessa on vankina
korkeassa tornissa.
Herään itkuuni ja kohta olen isän sylissä. Isä tuudittaa ja puhelee
hiljaa, vähitellen itku laantuu. Umpeen muurattu linnan torni
etääntyy ja arkihuoneen ääriviivat saavat yön hämärässä voiton
ahtaan vankilan ja pahan äitinoidan järjestämistä juonista. Singer
erottuu ikkunan ääressä yöllisten katuvalojen loisteessa, samoin
sängyt, nojatuoli, kaksoisovet. Äiti on keittiössä häärämässä
lämmintä yövelliä, josta en tykkää, mutta jonka pitäisi rauhoittaa.
Ilmeisesti äidillä ja isällä on jo työnjako jokaöisten painajaisteni
varalle. Pieni tyttö ei tiedä maailman kauhuista - sodasta, nälästä,
tuhoutuneista kaupungeista. Isän syli tarjoaa turvan, vahvemman
kuin vahvimmat väestönsuojat. Isän tuttu yöpaita poskea vasten,
isän tuoksu, laulu, jota hän laulaa rytmikkäästi, hiljaa, kertosäkeitä
toistellen ..Se on taikalaulu, loitsu, joka hävittää pahan, karkottaa
painajaiset ja rauhoittaa.
Isä on suuri puu, jykevä, taivaaseen asti ulottuva ja minä sen
suojissa pikkuinen lintu, jonka ympärille puu taivuttaa oksansa.
Oksa keinuu hiljaa kuin tuulisi ja siihen oksalle nukahdan.

HÄMÄRÄT HUONEET 1

Silloin kun kaikki on hyvin eikä pelkoa ole, äiti häärää keittiössä iltapäivän hämärässä ja isä juuri työstä tulleena istuu nojatuolissa, juttelee äidin kanssa naureskellen. Minä, isän tyttö istun hänen sylissään.

Isä lukee minulle Tammen Kultaisen Kirjan tai päivällä postilaatikosta pudonneen Aku Ankan ja sitten hän ottaa minut jalkojensa päälle, nostaa ylös ja lennättää niin, että melkein putoan. Huone on iltapäivän hämärä, tapahtumaton, vain minä olen liikkeessä ylös, alas, ylös, alas turvallisesti ja vaarallisesti yhtä aikaa.

Tämä tapahtuu huoneessa, joka on keittokomeron vieressä. Huonekalut, keittiön pöytä ja tuolit, Singer, nojatuoli ja sängyt, sen ajan tyylin mukaisesti tummasävyiset sekä väriltään vihreä leikkinurkkaukseni nyökyttelevät mukana ylös, alas, ylös, alas – eikä naurustani tahdo tulla loppua.

Ruuan valmistuttua syön makaronia kermakastikkeessa ja pihvin. Isä ja äiti puhuvat rauhallisesti taustalla. Kello raksuttaa aikaa. Tämänkaltaisina iltapäivinä on paljon tekemistä - piirtämistä, pelaamista, kotileikkejä. Huone on kotimme kohtu, strateginen tukikohta, josta aikanaan makaronin ja kermakastikkeen tai ties minkä voimasta enemmän tai vähemmän valmistautuneena syöksähdän maailmalle.

HÄMÄRÄT HUONEET 2

Tänä iltana isä on juhlissa eikä nukuta minua kuten yleensä. Saan olla isän ja äidin sängyssä, josta näkee suoraan olohuoneeseen, kun ovi on avattu.

Äiti istuu olohuoneessa nojatuolissa jalkalampun valossa. Hän istuu kuin valon saartamana, ei hymyile, ei ole hymyilemättä, on aivan hiljaa, kutoo ja katsoo tiukasti kutimeensa. Hän on niin kaukana, niin kaukana, että minulla on häntä hirveän ikävä. Olen katsellut planeetta-kirjaa -mielikirjaani – ja äiti on kuin yksinäinen kuu avaruudessa ja minä jokin muu tumman avaruuden kiertolainen.

Huone on hämärä, hiljainen, myötäilevä. Elokuvateatteri Bio Ritan valot siivilöityvät säleverhojen läpi kadun toiselta puolen. Katselen äitiä ja yhtäkkiä ymmärrän, että kun äiti joskus kuolee, en tapaa häntä enää ikinä, emme tapaa enää koskaan, vaikka maailma pyörisi triljoona vuotta. Miljoonat ja biljoonat olen oppinut Aku Ankasta ja nyt näen silmieni takana vain tumman avaruuden, sitä kiertävät planeetat, ikävöin äitiä ja ennen nukahtamista aavistan ikuisuuden, josta kymmeniä vuosia myöhemmin opiskeltuani erilaisia uskontoja ja salaperäisen Jumalan persoonan tuntemusta tulisin ymmärtämään tuskin yhtään enempää.

Kun vieraat saapuvat, alkaa heti puheensorina. Äiti on pukeutunut ompelijan tekemään leninkiin, elegantisti hiukan shiftaavaan ruskeaan, jossa on valkoisia pilkkuja ja hienoisia vekkejä. Kaiken tämän ja hyvin laskeutuvan kankaan arvon ymmärrän myöhemmin, nyt minusta äiti on kaunis ja hymyilevä, hame on hieno ja kaikki ympärillä on avarampaa, kivempaa, toimeliaampaa.

Arkihuoneen ja olohuoneen välinen kaksoisovi on avattu. Valaistus on nyt painottunut olohuoneen puolelle. Tummasävyiset sohvaryhmä, kahvipöytä ja isän suuri kirjoituspöytä muodostavat tilan, minun maailmani ääriviivat. Kaikkialla muualla minä olisin vieras.

Nyt tila täyttyy sedistä ja tädeistä, erivärisistä leningeistä, hienoista kampauksista, ihanista tuoksuista ja huulipunista, jotka nopeasti sipaistaan huuliin ja sitten käsilaukku napsautetaan kiinni tavalla, jota päätän käyttää Hieno nainen -leikissä, jos vain saisin vielä ihan oikean huulipunankin.

Puheensorina on hyväntuulista, lähes keskeytymätöntä. Vasta myöhemmin ymmärrän, että yksi syy siihen, miksi sukumme pitää voimakkaasti yhtä on evakkotaustamme ja tietenkin karjalainen kansanluonne.
Minä olen seurassa ainoa lapsi, serkut eivät ole mukana. Itse asiassa olen niin pieni, että en vielä oikein edes tunne sukuani. Istun lattialla ja kuuntelen puhetta. Tunnelma on tärkein. Ja Herkut.

Allan-setä iskee silmää ja ottaa syliin. Aune-täti on hieman pelottava. Hän saattaa suuttua isälle, huutaa ja riidellä asioista. Myöhemmin tiedän, että hän käy kovaa taistelua syöpää vastaan. Toini-täti on nuori ja kaunis. Hän työskentelee sairaanhoitajana Auroran lastensairaalassa. Hänestä tulee nuoruusvuosieni uskottu, häneen tulen aina luottamaan.

Juhlat jatkuvat. Luultavasti joku ottaa minut syliin ja laskee kohta alas. Luultavasti istun isän kirjoituspöydän takana yksikseni ja syön herkkuja, kuuntelen äänten sorinaa. Luultavasti ilta alkaa hämärtyä.

Yhtäkkiä soi puhelin. Äiti rientää vastaamaan.

Tulee hiljaista. Äiti hoippuu ja vaipuu kalpeana arkihuoneen hetekalle. Kaksoisovet ovat auki aivan kuin esirippu olisi avattu ja olohuoneesta käsin näkymä muistuttaa klassista kuolinkohtausta teatterin lavalla.
Isä poukkoilee olohuoneen ja arkihuoneen väliä.

Selviää, että veljeni on reputtanut ylioppilaskirjoituksissa.

Hirvittävä häpeä laskeutuu päälleni. Yhtälö on jälleen kerran toteutunut, äiti on jälleen kerran kuollut.

Ei enää ihania leninkejä, liehuvia helmoja, tuoksuja ja huulipunia. Vieraat ymmärtävät lähteä. He poistuvat hiljaa peräkanaa ymmärtäväisesti nyökytellen keväiseen, loskaiseen, mustuvaan iltaan.

VANHA TAMMI

Se tammi on valtavan iso ja paksu. Aina kun me, siis Hansuli, minä ja Hansulin äiti mennään Seurasaareen uimaan, me juostaan Hansulin kanssa sen tammen luo ja yritetään saada kädet sen ympäri. Eilen Eine-täti sanoi, että siihen tarvittaisiin kaksi Leaa ja kaksi Hansulia ja meitä nauratti hirveästi. Me ollaan tosi kovia kikattamaan. Kaikki sanoo niin.

Meillä on sellainen tapa, että aika usein käydään Seurasaaressa. Ensin kävellään Solnantietä alas ja käännytään Puistotielle. Siinä menee ratikoitakin. Sitten käännytään ja mennään Seurasaaren suuntaan yli Huopalahden sillan. Se on jännä reitti . Yksin me ei saada mennä, kun me ollaan vasta 7-vuotiaita.

Siellä sillan toisella puolella kaikki on ihan erilaista .On metsäistä, korkeita muureja ja niiden takana isoja taloja, hiljaista ja hienoa. Eine-täti on kertonut, että alue on Tamminiemi ja ne hienot isot puut on tammia ja ne on tosi vanhoja. Presidentti asuu linnassaan Seurasaaren sillan kupeessa. Kerran talvella, kun oltiin hiihtämässä jäällä, Eine-täti käski meidät pois ladulta, kun joku setä tuli hurjaa vauhtia meitä kohti. Tätikin väistyi ja niiasi oikein syvään. Se setä hymyili meille, eniten Eine-tädille, ja kuultiin sitten, että se on meidän presidentti.

Aina kun me nähdään se iso tammi, joka kasvaa keskellä jalkakäytävää, lähdetään juoksemaan ja lujaa. Kun katson taakseni Eine-tätiä, hän hymyilee sinivalkoruudullisessa työtakissaan. Silloin hän on kaunis kuin kuningatar. Saduissa kuningattaret ovat ylväitä, kauniita ja lempeitä ja juuri sellaiselta hän näyttää. Oma äiti on vaan kotona, ei lähde kävelylle, ei uimaan, ei hymyile, tekee kotitöitä. Mutta Eine-täti hoitaa minua aina silloin, kun äidillä on kohtaus. Silloin olen usein Hansulin luona koko päivän.

Seurasaaren valkoisella puisella sillalla kengät kopisevat hassusti. On paljon ihmisiä ja me juostaan saaressa hiekkatietä pitkin uimalaan. Eväät on mukana. Ostetaan liput naisten puolelle. Uimalassa naiset ja miehet saavat ottaa aurinkoa ja uida nakuina. Aita vaan on välissä. Se on meistä kivaa. Me juostaan nakupelleinä heti uimaan. Vesi on lämmintä ja se ottaa kuin syliin, kun hypätään laiturilta ainakin 100 kertaa.

Kun hyppää veteen, vesi tuoksahtaa nenään merelle. Isä sanoo, että se on suolan ja levän tuoksua. Aallokossa laituriin pärskähtää väliin valkoisia vaahtopäitä. Tumma vesi väreilee sinisen ja vihreän sävyissä. Auringon väreilyssä veden sävyt ovat kuin syvällä veden alla uivia kaloja, valaita, ja me Hansulin kanssa pelastetaan toisiamme vuorotellen.

Eine-täti istuu rannalla ja vilkuttaa aina välillä. Sitten noustaan syömään eväitä, limua ja makkaraleipiä. Syötyä lähdetään kotimatkalle.

Sillan korvan jäätelökioskilta saadaan ostaa jäätelöt. Ostetaan aina amme. Siinä on keksiä, suklaata, paljon hilloa ja vaniljajäätelöä ja se on ihan ammeen muotoinen. Tosi hyvää! Jäätelöä syödessä katsellaan ihmisiä ja lintuja, joita monet syöttävät. Sorsat taapertavat aivan jaloissa.

Matka kotiin tuntuu aika pitkältä. Väsyttää. Hansuli ei pääse enää illalla ulos, mutta Eine-täti lupaa, että saadaan illalla soittaa puhelimella ja suunnitella seuraavan päivän leikkejä.

SYLI

Hansun äidin syli. Se tuoksuu piparminttukarkeille ja sinivalkoiselle työtakille, valaisee hetkessä maat ja mannut. Kesäpäivä suorastaan vyöryy päälle niittyineen, välkehtivine uimavesineen, souturetkineen.

Kaikki täällä Hansulin luona maalla on niin iloista ja kivaa, että tunnen olevani suorastaan luvattomilla teillä. Johtuuko äidin ikävä siitä, että olen ilon ja vapauden tunnossani hylännyt hänet, hylännyt kotimme hämärät huoneet?

Kun Eine-täti silloin lohduttaa minua, keinuttaa sylissään nauraen ja kysyy:"Eikö se Lea nyt tykkää Eine-tädistä ollenkaan ?" minusta tuntuu niin hassulta, että vatsaa vääntää. Tämä syli lupaa niin paljon - lämpöä, naurua, iloa. Hyväksynnän taikapiiri täyttää minut oudolla vierauden tunteella.

JOKI

Tytöt nimittivät toisiaan keksimillään lempinimillä. Ei niin, että he sillä olisivat jotenkin pyrkineet erottautumaan joukosta, heitähän oli vain kaksi. Mutta salaiset nimikoodit antoivat jännittävän sävyn kaikelle tekemiselle. Leenukka oli itseoikeutettu johtaja. Talonmiehen tyttärenä hän oli oppinut pienestä paitsi tekemään monenlaista työtä myös luovasti välttämään sitä. Hän oli ongelmien ratkaisija, itsevarma ja rohkea.

Liinukka oli arka, mutta riemusta kiljuen myöntyväinen kaikenlaiseen seikkailuun, kunhan vain pääsi kotipihalta alati tarkkailevan äidin silmien alta.

Tytöt olivat löytäneet joen jo keväällä. Sinne johtava tie kulki kapeana öljysoratienä kuusivaltaisen metsikön poikki. Molemmin puolin oli asutusta, omakotitaloja. Sitten tie yhtäkkiä päättyi joutomaalle, niityn tapaiselle, jonka nurkassa seisoi aidattu sähkölaitos. Se näytti autiolta ja hylätyltä "pääsy kielletty" kyltteineen. Sievien omakotitalojen jälkeen maisemassa - joutomaalla ja savikossa - oli vahva rappion leima. Joki kiemurteli alueen poikki kutsuvana, jäät sulivat vauhdilla, ranta oli sohjoinen. Mielestään tytöt olivat jo isoja eivätkä enää harrastaneet leikkimistä, mutta niin vain he kahlasivat, keräsivät puunkappaleita, rakensivat kaupungin, kaupan ja sataman. Heittelivät puunkappaleita jokilaivoiksi purjehtimaan vieraisiin maihin.

Veden äärellä leikkiminen oli kiellettyä eikä kotipihasta saanut lähteä näin pitkälle. Kuitenkin kaikki kiellot, varoitukset ja uhkaukset pääsivät unohtumaan. Kevättuuli nipisteli poskia, lapaset heitettiin rannan kivikkoon ja saappaisiin valui vettä, ja oli vain leikin melske, tuiske ja huiske ja outo, uusi vapauden tunne, sanomaton sopimus siitä, ettei kotona kerrota mitään.

Seuraavan kerran tytöt tulivat joelle jään jo sulettua. Vesi kimmelsi kutsuvana auringossa, puissa alkoi jo olla lehtiä.

He olivat ajaneet pitkän lenkin pyörillä ja nyt mietittiin, että joen yli pitäisi päästä .Leenukka ehdotti, että talutetaan pyörät ja kahlataan ja Liinukka riemuissaan uudesta vapaudestaan, jota tämä ystävyys tarjosi, kaikista sen suomista kihelmöivistä mahdollisuuksista unohti heti kodin hämärien huoneiden surumielisyyden, äidin mykkyyden, tiukkahuulisen ankaruuden ja myöntyi oitis tutkimusmatkailijan rooliin.

Uomassa vesi ylsi reisiin asti, mutta tytöt oppivat nopeasti taluttamaan pyörät joen yli. Sitten poljettiin lentokentälle päin, istuttiin kallioilla ja katseltiin nousevia ja laskevia lentokoneita ja kun kesä kääntyi loppuaan kohden, elokuun iltoina matkustamoista tuikkivia valoja. Haaveiltiin todellisista seikkailuista maailman eri kolkkiin.

Eräänä iltana kotiin palatessa oli pilkkopimeää. Joella liukasteltiin ja märkinä saavuttiin kotipihalle, jossa vanhemmat odottivat huolestuneina. Liinukan äiti oli raivoissaan.

Siihen päättyi yksi vaihe elämässä. Liinukan äiti haukkui talonmiehen ja hänen kakaransa ja Liinukka tajusi olevansa äidin mielestä huono, tahdoton ja tyhmä, jota naapurin kurittomat kakarat vievät kuoleman vaaroihin. Enää he eivät saisi tavata toisiaan.

Liinukalla ei ollut sanoja, ainoastaan häpeä.

Mutta joki oli. Se oli yhdistänyt ja erottanut. Liinukka muisti kesän pitkään ja hänen alakuloisessa mielessään joki, eloisa, seikkailua, iloa ja ystävyyttä tarjonnut, kiemurteli nyt ilkeän käärmeen tavoin ruskeana ja mutaisena heidän entisessä leikkiparatiisissaan.

LEIKKIKOULUSSA

Me ollaan Hansulin kanssa jo leikkikoululaisia. Leikkikoulu on Hansulin talossa ja meitä opettaa Hansulin täti Hilkka. Siinä isossa kerrostalossa asuu melkein koko Hansulin suku - sedät, tädit, mummi ja ukki. Ja tiedätkös, kun minun mummit ja ukit ovat kuolleet, Hansulin mummi on luvannut olla minulle varamummi. Se on ihan sovittu juttu. Isä on kertonut, että Hansulin ukki omistaa koko talon. Minusta se on vähän kummallista, kun isä aina sanoo, että me ei omisteta mitään.

Silloin on kivaa, kun Hansulin kanssa mennään sinne mummolaan kylään. Ukki antaa meille aina, siis ihan joka kerta kirjoituspöydän laatikostaan, pienestä rasiasta karkkeja ja sanoo jotakin hassua. Meitä naurattaa silloin ihan hirveästi, mutta ukki voi räjähtää ja käskeä olla hiljempaa.

Huoneet siellä mummolassa ovat suuria ja aika pimeitä. Huonekalut ovat tummia ja kiiltäviä. Suurten senkkien, kaappien, vuoteitten, verhojen ja sohvien taakse olisi hauskaa piiloutua, mutta me ei saada riehua ja aina pitää muistaa olla kohtelias ja niiata. Minä vähän vierastan sitä mummolaa. Toivoisin, että ihan ikiomat mummot ja ukit vielä eläisivät.

Me tykätään Hansulin kanssa leikkikoulusta. Me ollaan siellä aamupäivät. Hansuli ja Anu ja minä ja Markku ja Ilkka ja Kimmo touhutaan paljon yhdessä. Leikitään kotia tai kauppaa tai bussilla ajamista ja jos on enemmän kavereita voidaan leikkiä vaikka rikkinäistä puhelinta. Joka päivä lauletaan ja ollaan piirissä. Esitetään sellaisia lauluja kuin Jänis istui maassa, On neidolla punapaula ja Prinsessa Ruusunen linnassaan. Kun on Kimmon vuoro olla prinssi, Kimmo aina hakee minua prinsessaksi. Minä tykkään Kimmosta ja vaikka muut aina nauraa, kun Kimmo polvistuu ja kosii minua, ei me kiusaamisesta välitetä.

Kimmo asuu kaukana, Munkkiniemen toisella laidalla ja saa kulkea yksinään pitkiä matkoja. Joskus Kimmo soittaa ovikelloa ja kysyy, onko Lea kotona ja saako tulla leikkimään. Silloin autot huristelee teillä ja tunneleissa, joita rakennetaan Tammen kultaisista kirjoista. Kimmon kanssa leikitään autoleikkejä. Se on niissä hyvä. Kuulin kerran, kun Kimmo sanoi äidille, että Lean on ehdottomasti tultava hänen luo leikkimään. Äiti ei vastannut mitään ja arvasin, että äidin mielestä Kimmo asuu liian kaukana.

Leikkikoulussa täytyy käyttäytyä hyvin, muuten Hilkka-täti pesee suun saippualla. Meitä Hansulin kanssa kismitti, kun täti ei koskaan rangaissut meitä, sanoi vain, että nyt tytöt kunnolla. Yhtenä päivänä keksittiin , että sanotaan kaikki rumat sanat peräkkäin, ja päästiinhän me suun pesuun. Oli tosi kivaa.

Meillä on leikkikoulussa uskontoa joka päivä. Täti kertoo Jeesuksesta ja näyttää tauluja Jeesuksen elämästä .Minusta hienoin taulu on se, missä Jeesus kävelee vetten päällä. Olen miettinyt, miten se kävely on mahdollista. Kysyn asioita isältä ja äidiltä. Kun kerran sanoin, etten halua kuolla, äiti sanoi, ettei kuole, jos muistaa hengittää. Minusta se oli hyvä vastaus. Mutta siihen, että Jeesus kävelee vetten päällä, ei äiti eikä isäkään osaa vastata.

AINAINEN PÄÄNSÄRKY

Istun keittiön pöydän ääressä. Kädet ovat unohtuneet syliin, kynä pudonnut lattialle. Istun liikkumatta, hiukan etukenossa, hiukan vinossa. Tiedän, että pääni on kallellaan kuin lintulaudan siemenruokaa arvioivalla pikkulinnulla ja silmät, ne ovat surulliset - väsyneet.
Pitäisi kirjoittaa, mutta mistä kirjoittaisin, mikä ylipäänsä olisi sen arvoista?

Siinä istuessani tunnen yhtäkkiä kuin takanani olisi joku. Hän on äitini. Äiti istuu aivan samassa asennossa kuin minä, oman keittiön pöytänsä ääreen unohtuneena, mietteliäänä, suu tiukkana viivana ja silmissään sama uupunut ilme kuin minulla nyt on, samaa masennusta, samaa luovuttamista. Taakankantaja hänkin, vangittuna tähän valon ja hämärän väliseen hetkeen. Kuinka samanlaisia me loppujen lopuksi olemmekaan!

Silmien eteen alkaa hahmottua vielä jotakin. Selvästi makuu- ja arkihuoneen yhdistelmä 1950-luvulta. Siellä, keittiön pöydän ääressä istuu tyttö, aivan pieni vielä. Hänellä on punainen rusetti hiuksissa, sinapinkeltainen villatakki, punaruudullinen hame ja ruskeat damaskit. Tyttö istuu vakavana keittiön pöydän ääressä, aivan jakkaran reunalla, hakkaa tossun kärjellä vuoroin tuolin, vuoroin pöydän jalkaa, kuuntelee tarkkaan vanhempien puheita.

Äiti itkee, sanoo, että hänen päänsä pitäisi leikata irti ja panna uusi tilalle, jos sitten pääsisi eroon jatkuvasta päänsärystä.
Lääkärikäynnillä äiti oli kuullut Tukholmassa suoritettavista uudenlaisista leikkauksista, jotka voisivat helpottaa hänen oloaan. Tytön silmistä paistaa kiinnostus. Uusi pää äidille, voi jukra! Paranisiko äiti?

Tulisiko äidistä kaunis ja nuori?
Mihin vanha pää pantaisiin, senkin päälle koristeeksiko?

Tunnelma lopahtaa jälleen, kun isä keskustelun tuoksinassa
toteaa, ettei ole rahaa Tukholmassa tehtäviin yksityisleikkauksiin.

Äiti itkee, ilmeestä tulee poissaoleva ja pelottava. Tyttö katselee
parsittuja damaskejaan. Ne venyvät polvista, polvien kohdalla on
isot pussit, kuluneet, niihin tulee koko ajan reikiä.
Tytön ilme on alistuva, neuvoton, voimaton. Alistuva, koska
mikään ei koskaan muutu hyväksi, neuvoton, koska hän yrittää
ymmärtää enemmän kuin mihin pystyy ja voimaton, koska perheen
taakka koettelee myös hänen harteitaan, - vielä tunnustellen ja
varovasti, mutta vuosi vuodelta taakka vaatii tytöltä yhä enemmän
voimia. Totta kuitenkin on, että tästä tytöstä varttuu vielä oikein
hyvä taakankantaja.

Vähitellen surusilmäiset taakankantajanaiset sulautuvat toisiinsa
tässä hiljaisessa asetelmassa, keittiön pöydän ääressä.
Ajattelen, että minä olen monta.
Kumarrun nostamaan lattialle pudonneen kynän ja alan kirjoittaa.

KILJUSET

Olen jo niin iso, että saan juosta aamuisin maitokauppaan ostamaan ranskanleivän ja pienet leivokset aamukahville. Jos saan maitokannun mukaan, Elannon myyjätäti kauhoo maitoa kannuun isosta tonkasta. Maitokauppaan mennessä ei tarvitse ylittää tietä eikä varoa autoja. Senkun juoksee asfalttia mäen alas ja kaartaa maitokaupan pihaan.

Äidin kanssa mennään kadun yli Puistotien toiselle puolelle, missä on muita kauppoja, esimerkiksi kemikalio- ja kalakauppa. Äiti on sitä mieltä, että kalakaupassa petkutetaan ja myydään pilaantunutta kalaa, jos ei ole tosi tarkkana. Yleensä äiti on kiukkuinen siellä kalakaupassa.

Minulla oli ihan uudet nahkakengät jalassa, kun yhtenä aamuna lähdin maitokauppaan. Pihalta juoksi koira vapaana ja lähti perään. Isä sanoi, että koira halusi leikkiä juoksuleikkiä, että sen takia se haukkui ja otti minua kiinni, mutta minä pelästyin ja itkin ja juoksin ja sitten kaaduin asfaltille. Uusiin kenkiin tuli pahat naarmut ja polvista verta. En kehtaa Hansulille kertoa.

Maitokauppaan mennessä tai jos on yksin ulkona voi istuskella kadun ja pihanurmikon välisellä aidalla. Siinä on kiva katsella ihmisiä ja syödä purkkaa, puhallella isoja palloja. Kumma juttu, että aina vahingossa nielaisen purkan, vaikka äiti on kieltänyt.

Se Elannon myyjätäti on tosi kiva, juttelee ja hymyilee aina. Hänen toinen kätensä ei liiku ja isä sanoo, että käsi on halvaantunut. Täti on aina iloinen eikä koskaan pudota leivoksia, vaikka on melkein yksikätinen.

Kotona minä olen leikisti täti, kun leikitään kauppaleikkejä Hansulin kanssa.

Meidän perheessä juodaan aamulla yhdessä kahvit ja syödään ne pienet leivokset, jotka olen tuonut kaupasta. Sitten isä lähtee töihin.

Illalla isä lukee minulle kirjaa, jonka nimi on "Kiljusen herrasväen seikkailut". Me nauretaan hirveästi Kiljusen perheelle, kun ne aina tekevät kaiken hassusti. Niillä on koira ja kaksi poikaa, Mökö ja Luru. Mökö ja Luru ovat hurjan villejä ja tottelemattomia ja koko ajan pahanteossa. Toivoisin, että minulla olisi sellaiset veljet.

Perheessä kiljuminen ja huutaminen on aivan hirveää, kokonainen kaupunki pelästyy ja menee ihan sekaisin sellaisesta meuhkaamisesta. Ja kyllä meitä isän kanssa naurattaa!

Minä innostuin eilen kaupassa, kun kaikki asiakkaat kääntyivät, vähän kuin kerääntyivät ympärilleni ja ihan hiljaa olivat ja kuuntelivat, kun kerroin heille meidän perheen elämästä.

Oikein löin käsiä yhteen esittäessäni, millaista huutoa ja kiljumista meillä aina pidetään, niin että talo raikaa.

Aamulla äiti sanoi isälle, ettei tyttö enää kauppaan mene eikä sen puoleen hänkään sinne enää kehtaa mennä, niin että isä on hyvä ja ostaa ranskiksensa itse. Äiti puhui vellistä ja puurosta ja miten ne menee tytöllä sekaisin, selkäänsä sietäisi. Myyjätäti oli kuulemma kertonut kaikenlaista äidille meidän perheen elämästä.

Minusta on ikävää, että äiti on vihainen. Sekin on kurjaa, että äiti haukkui isän ostaman ranskiksen vanhaksi ja kuivaksi eikä kai mikään muukaan, mitä isä osti ollut tarpeeksi hyvää. Isä ei silti vaikuttanut kovin pahantuuliselta töihin lähtiessään.

Luetaankohan me taas illalla "Kiljusen herrasväen seikkailuja".

ANTTI

Puetaan päälle hienoin leninki – sinistä, valkopilkkuista ohutta kangasta, jota äiti kutsuu sifongiksi. Sen on äiti tehnyt minulle isän 50-vuotispäiviksi, kun silloin piti olla tosi hieno ja minä olenkin tässä leningissä melkein kuin oikea prinsessa. Röyhelöitä helmassa ja puhvihihatkin on. Jalkaan mustat kiiltonahkakengät ja valkoiset nilkkasukat, hiuksiin rusetti ja kauniisti paketoitu lahja kainaloon.

Ollaan menossa Arjan syntymäpäiville Munkkivuoreen. Koko pitkä matka saadaan kävellä sinne kolmistaan, koska vaan Annukka tietää reitin, Sommerin Leena ja minä emme sinne osaisi yksin mennä. Tämän järjestelyn äidit ja isät ovat keskenään sopineet. Mitähän leikkejä leikitään? Arjalla on oma huone ja hienoja leluja. Mitähän herkkuja on tarjolla? Onkohan ongintaa, arvausleikkejä, hippaa? Päästäänköhän Arjan isän autolla ajelulle? Koko maailma on yhtä hymyä. Äitikin näyttää hymyilevän tänään. ”Lähdehän nyt, että et myöhästy”, hän sanoo. Juoksen Solnantien ja Perustien risteykseen, missä meidän on määrä tavata, mutta he ovatkin jo menossa tuolla hieman kauempana. Huudan, että odottakaa, mutta he eivät jostain syystä kuule. Huudan kovempaa ja sitten vielä kovempaa, mutta he kirmaisevatkin juoksuun, eivätkä näy kuulevan minua. Minäkin juoksen jo niin lujaa kuin pääsen, mutta he ovat nopeampia, eivätkä vastaa huutoihini, eivät edes käänny katsomaan taakseen. Yhtäkkiä kuulen heidän naurunsa, kovan ja terävän kuin lasinsirpaleet, jotka sataisivat kasvoilleni.

Haavoittavinta kaikesta on nauru, se saa kyyneleet silmiin ja repii minuun haavoja, syvimmät haavat mielen sisälle, syvälle, ymmärrykseni ulottumattomiin. Kompastellen, nikotellen, itkua pärskien käännyn ja raahustan takaisin kotiin.

Äiti ei ole vihainen. Hän on hiljainen, antaa minun itkeä rauhassa, ei puhu mitään, siivoaa. Itken sängyssä ja nukahdan uneen, joka on kuin saari hyisellä merellä. Unen läpi kuulen äidin puhuvan puhelimeen;” Kyllä, tytöt karkasivat ja jättivät Lean. Ei, ei missään

tapauksessa tarvitse tulla hakemaan. Joku toinen kerta sitten".
Vajoan syvään uneen. Täällä kotona olen ainakin turvassa.
Iltapäivällä haluan lähteä ulos. Pihalla Antti nojaa korkeaan,
vihreään piha-aitaan. Rämisyttää aitaa ja kiipeilee siinä. Se on
ainoa leikki, minkä Antti osaa ja minäkin käyn temppuilemaan
aidalla. Roikutaan ja rämistellään. Antti ei käy ollenkaan koulua.
Hän ei osaa lukea eikä puhuakaan kovin hyvin, vaikka on jo minua
vanhempi. Me leikitään usein yhdessä. Antti on iloinen ja nauraa
paljon, kiltti. Saan häneltä pihlajanmarjakarkin ja panen sen
taskuuni.
Illalla äiti tarjoaa kakkua, jota Arjan äiti on kuitenkin tuonut minulle.
Katson kakkua, pettymyskakku, kelpaamattomuuskakku,
lohdutuskakku. En varmalla ota. Menen eteiseen ja kaivan
housujen taskusta Antin antaman pihlajanmarjakarkin, jo tahmean
ja litistyneen. Sitä mutustellen haen leikkinurkkauksesta kasan
Tammen Kultaisia kirjoja ja asetun lukuasentoon.

IKÄKYSYMYKSIÄ

Äiti passitti minut lepäämään, kun massuni on vähän kipeä. Täällä Irja-tädin makuuhuoneessa on jännää, kaikki on valkoista ja verhot liehuvat avonaisessa ikkunassa kuin kummitustanssissa.
Ikkunan alla äiti ja Irja-täti.
Kahvikuppien kilinää, äänten sorinaa:
- Meillähän on vuosi ikäeroa ja sinulla jo nuo harmaat....
- Älä jaksa. Olemme käytännössä saman ikäiset, samana vuonna syntyneet.
- Synnyin ennenaikaisesti. Olit kuulemma potkinut äidin vatsaa ja aiheuttanut ennenaikaisen synnytyksen.

(Kummallista, etteivät aikuiset tiedä ikäänsä. Minä olen kuusi ja ihan varma siitä)

- Sama se, minkä ikäinen olet, mutta jos minä olen harmaa, sinä olet iholtasi keltainen. Ryypiskelystäsikö se johtuu?
- Sinä saamari olet pikkuporvarillinen, kateellinen, ikävystyttävä ihminen...
-Itse ainakin nuoruudessasi olit, en kehtaa sanoa, mikä....
- Yritätkö sanoa, että olet parempi....

(Mitä nyt tapahtuu ? Ilmassa sinkoilee sapeleita. Missä isä on? Isä liekuttaisi sylissä ja leikittäisiin vaikka kutitusleikkiä. Haen repusta oman nallen ja liekutan sitä sylissäni, mutta se ei ole sama. Miksei isä jo tule?)

- Lapsuudesta asti olit äidin lellivauva..
- Äläkä perkele riko sitä kahvikuppia....

- Teen tällä mitä haluan, koska sinä olet tämän minulta varastanut.

(Painan kädet korviini – äänet leikkaavat ilmaa kuin teräväsiipinen lintu. Onko taikuri loihtinut äidin ja tädin ilkeiksi sihiseviksi sisiliskoiksi?. Äkkiä piiloon peiton alle. Jos taion peiton inkkaripäällikön teltaksi, saatan selviytyä. Painan nyt silmät tiukasti kiinni, ja kun avaan ne, isä on tässä lähellä.)

HEINOLASSA I

Me matkustamme usein kesällä äidin ja isän kanssa Heinolaan, Mikonsaareen Sirkka-tädin luokse. Sirkalla ja Topilla on ihan oma saari ja jo se on tosi jännää.
Äiti on Heinolassa aina iloinen ja Sirkka-täti, äidin sisko nauraa ja hymyilee paljon. Siellä on kevyt olla. Me saunotaan joka ilta.
Rannalla on punainen saunamökki, ja vesi on niin kirkasta, että kultahippuset kiiltelevät veden läpi. Saa polskia ja leikkiä kullanhuuhdontaa melkein niin kauan kuin haluaa.
Saunan rannasta vie puinen silta mantereelle. Sen Topi-setä sai lahjaksi 50-vuotispäivänään Heinolan kaupungilta. Setä on kaupunginjohtaja, äiti on kertonut. Mutta on setä myös uimamaisteri ja minä opin kellumaan, kun setä opetti.
Punaisessa saunamökissä on pukuhuone, jossa voi vilvoitella. Siellä on paljon maatuskoja ja ihmeellinen, suuri samovaari senkin päällä. Setä on nuorena matkustellut Venäjällä ja tuonut sieltä nuo kummalliset tavarat. Niissä on aivan kuin taikaa ympärillä. Setä on seikkailija ja olen sedän kanssa päättänyt, että minusta tulee seikkailijatar.
Saari on aika pieni ja sedän ja tädin talo kököttää siellä aivan yksinään. Keittiön ikkunasta avautuu maisema takapihalle, kielletylle alueelle, jolle en saa mennä. Vaarallisia ötököitä, liskoja, käärmeitä, tiheikköjä, jonne voi eksyä, petollista, upottavaa mutaa, johon voi hukkua, noidan verikaivo, piparkakkutalo, mietin. Jotakin uhkaavaa tuolla varjoissa on ja usein käytän aikuisten siesta-ajan hiiviskelyyn kielletyillä poluilla, mutta en kerro edes sedälle, vaikka juuri hän varmaan ymmärtäisikin seikkailuni uhkan ja viehätyksen.
Saaresta kävellään usein Heinolan keskustaan. Sillan ylityksen jälkeen tie kulkee lehmihaan poikki. Aikuiset ei lehmiä pelkää, mutta minä kipitän, minkä kintuista pääsen veräjälle ja sen toiselle

puolelle turvaan. Sitten suoraa hiekkatietä Seminaarin ohi ja pian ollaan jo torilla.

Usein käydään syömässä Seurahuoneella ja siellä tarjoilijat nauraa ja kysyy tädiltä, että missä tätä tyttöä on piiloteltu, kun me ollaan tädin kanssa niin samannäköisiä. Se on kaikista hauskaa. Sitten illalla saaressa saatetaan vielä paistaa makkaraa ja syödä ulkona terassilla.

Talon sisällä tuoksuu tuuli ja vesi. Isä sanoo, että puu tuoksuu.

Me nukutaan olohuoneessa, jonka ikkunat avautuvat saunarannan vastakkaiselle puolelle, kallioille ja aikuisten uimarannalle. Olohuoneen takaseinä peittyy peilioviin, jotka heijastavat maiseman suurista ikkunoista. Huone näyttäytyy kahtena ja on täysi kupliva malja iloista valoa, tuulta ja vihreitä koivunlehtiä.

Saarelta löytyy piiloja, kallion koloja, joissa voi katsella Aku Ankkoja ja olla kaikessa rauhassa, omissa oloissaan. Ympärillä selkä kimmeltää, taivas on sininen ja aurinko häikäisee, linnut tirskuvat, tuuli humisee ja perämoottorien sätkätys ulapalla on jatkuvaa, niin tasaista, että siihen voi vaikka nukahtaa...

Junamatka kotiin on aina kiva. Mennään Lahteen lättähatulla ja vaihdetaan siellä pikajunaan.

Aina kuitenkin pitää lähteä kotiin juuri silloin, kun on kaikkein hauskinta. Jos olisin Milla Magia, taikoisin Mikonsaaren kotiin Solnantielle ja leikittäisiin kaikki päivät Hansulin kanssa Mikonsaari-leikkejä.

HEINOLASSA II

Heinolassa tuntuu, että olen jo iso tyttö. Saan olla omissa oloissani ja kulkea yksikseni aivan kuin nytkin. Pienet kivet sinkoilee pyörän kumien alla ja korvissa suhisee, kun poljen Sirkka-tädin pyörällä Mikonsaarta kohti. Ilta viilentää paljaita käsivarsia ja sääriä. Ensin pitää ajaa kärrytietä, missä kasvaa keskellä heinää, sitten kääntyä isommalle hiekkatielle ja kun tulee risteys vastaan, ei saa kääntyä leirintäalueelle, vaan pitää nousta mäkeä ylös, ajaa veräjälle ja lehmihaan poikki alas rantaan.

Olen hurjan ylpeä itsestäni. Hoidin koko päivän pientä, palleroista Heikkiä, joka on minun pikkuserkku .Heikin isä Pentti ja äiti Raili, ovat hurjan mukavia. Raili on nuori ja kaunis ja kova puhumaan ja aina välillä ne halii Penan kanssa. Sitten keitetään kahvit tai syödään jotain hyvää ruokaa . Minun annetaan hoitaa Heikkiä melkein yksikseni, vaikka kyllä täti tulee heti apuun, jos tarvitaan. Nukutan Heikkiä, liekutan sylissä ja ulkoilutan pihalla. Välillä Pena hoitaa ja me Railin kanssa mennään kauppaan. Minä istun pyörän pakkarilla ja huiskista vaan, ajetaan ostoksille.

Pena on tee-se-itse -mies ja on rakentanut hienon moottoriveneen. Tässä yhtenä päivänä käytiin Kymi-joella aika kaukana retkellä, ohi Mikonsaaren ja yli aika leveän selän, kunnes laskettiin rantaan saarien väliseen kapeikkoon. Kalliolla syötiin eväät ja uitiin ja leikittiin ja eväät olivat niin herkullisia, etten varmaan milloinkaan ole saanut mitään niin hyvää.

Heinolassa asuu meidän sukulaisia enemmänkin, ainakin Lyyti-täti ja Pekka-eno, Pentin isä.

Äiti on aina iloinen Heinolassa ja kun hän juttelee Pekka-enon kanssa, äänikin on ihan erilainen kuin kotona. Lyyti-täti on ihan kiva, mutta minusta tuntuu, että äiti ei pidä Lyytistä. Äiti on kertonut, että Lyyti putosi lapsena keinusta Impilahdella ja on sen takia outo, jälkeenjäänyt. En tiedä, mitä äiti tarkoittaa. Lyyti ei ole koskaan käynyt työssä ja asuu Sinilähteellä hellahuoneessa, aika sotkuisessa. Äiti ja Sirkka puhuivat keskenään, että talvisin Lyyti seisoo Heinolan keskustassa illat pitkät ulkona ja katsoo televisiota radio- ja tv -liikkeen näyteikkunasta, siis vaikka olisi kuinka kova pakkanen tai muuten kylmää ja kurjaa. Minua säälittää hirveästi se, että Lyytillä ei ole rahaa omaan televisioon.

Sirkka-täti on puhunut siitäkin, että Lyyti on yrittänyt tulla kylään Mikonsaareen silloin kun hänellä on juuri ollut rouvaskutsut meneillään ja Sirkka on ajanut Lyytin pois nolaamasta häntä.

Kiertäisinkö leirintäalueen kautta? Käännän pyörän kiellettyyn suuntaan ja ajan hämärässä korkeiden kuusten reunustamaa melko kapeaa tietä. On yhä lämmin, mutta kosteassa notkelmassa tuntuu kuin putoaisi kylmään lähteeseen. Käännyn ja ajan takaisin, ohi haassa märehtivien, lähes liikkumattomien lehmien alas rantaan. Saaresta kuuluu saunomisen äänet. Joki on tyyni ja kirkas, kutsuu uimaan, vaikka on jo ilta.

Ajan niin kovaa vauhtia kuin pääsen. Otan ennätystä. Kaikki vihreä ympärillä tuoksuu voimakkaasti. Heinola on kuitenkin paras paikka, minkä tiedän.

MUNKKINIEMESSÄ

Nelosen raitiovaunu jyskyttää ja kolisee pitkin Mannerheimintietä, kääntyy Tukholmankadulle, ohittaa sairaanhoitajaopiston ja kääntyy sitten alamäkeen kohti Huopalahtea. Jyrkässä mäessä raitiovaunu aivan kuin lentää ja silloin pitääkin aina laulaa lentokonelaulu. Laulaminen on matkan ehdoton kohokohta, aina. Lukuun ottamatta muutamaa harvaa puutaloa, ulokkeineen, erkkereineen ja torneineen, selviä noidan asumuksia, Huopalahti 60 vuotta sitten on vain vettä, kaislikkoa ja suohuuruja. Kosteina, pimeinä syys- ja talvi-iltoina on jännittävää kävellä äidin kanssa yli Huopalahden sillan työstä palaavaa isää vastaan.

Sillalla äiti aina joskus käy kertomaan isälle lapsesta, joka putosi sillan kaiteiden välistä veteen. "Minä olisin hypännyt perään", äiti tapaa lisätä.
Raitiovaunu jolkuttaa sillan yli ja jatkaa Munkkiniemen puistotietä kotipysäkille.

Myöhemmin, 60 vuoden kuluttua raitiovaunu on aikakapseli, josta astun ulos lehmusten varjostamalle kotipysäkille huomatakseni pysäkkiä vastapäätä aikanaan sijainneen jäätelöbaarin olevan edelleen elossa, nyt se on moderni cappuccino kahvila ulkoterasseineen. Isä, minä ja jäätelöannos sunnuntaisin kävelylenkillä oli yhtä säännöllistä ja varmaa ja hauskaa kuin Aku Ankan putoaminen postiluukusta kerran viikossa ja se vimmainen isän odotus työstä kotiin lukemaan sitä minulle, kun en vielä itse osannut.

Puistotie on Munkkiniemen valtasuoni edelleen. Solnantie, Perustie , Klaukkalantie ja Tiilimäen alue ovat sen ydintä, entistä, varsinaista Munkkiniemeä, minulle tuttua.

Alakoulun aikoihin Solnantie, Perustie ja Klaukkalantie ovat ne kolme ulottuvuutta, jotka muodostavat maailmani ääret. Tutkimusmatkoja ei pitemmälle sallita. Poikkeuksena on koulutie, joka kulkee yhteiskoulun ohi ja pienen metsikön läpi, mutta sen kuljen usein koulutovereiden kanssa.

Solnantie, ensimmäinen ulottuvuus.
Yleensä kuljen Solnantietä alamäkeen yli Munkkiniemen Puistotien, ohi vieläkin toiminnassa olevan arvovaltaisen Solnan grillin ylös mäkeä aina risteykseen asti. Jos jatkan suoraan eteenpäin (kielloista huolimatta) päädyn hiekkatielle ja soran rapistessa kengänpohjissa ympärille avautuu laaja maisema niittyineen, joutomaineen ja haarautuvine pikkuteineen. Yleensä matka jatkuu kuitenkin risteyksestä oikealle, 1950-luvun Ihmemaahan, kirjastoon, joka tarjoaa sen ajan "kaiken mahdollisen", Viisikot, Tarzanit, toivekirjastot, Helenat, Ursulat, Tiinat, Jalna-sarjan - loputon määrä seikkailua, kasvua ja kehitystä. Ystäväni Kimmo luki jo 6-vuotiaana Kansojen historia-sarjaa, mutta hänestä tulikin varsin viisas mies.
Kirjasto on ilmiselvästi Alvan Aallon suunnittelema ja yhä toiminnassa, valoisana, ilmavana, avarana, henkevänä, edelleen. Seison keskellä lattiaa ja minusta on outoa, että en muista tarkemmin lapsuuden aikaisia tunnelmiani. Tiedän vain, että kirjasto on ollut minulle tärkeä paikka lukemaan oppimisen vuosina. Kummallista, että kirjaston käyttö loppui, tyrehtyi lähes kokonaan ollessani noin 10- 11 -vuotias ja aktiivinen lainaaja minusta tuli uudelleen vasta aikuisena. Yhtäkkiä siinä seisoessani muistan, että kansakoulussa oli oma kirjasto, josta lainasin paljon. Itse asiassa minulla on vieläkin kirja Suomalaisia kansansatuja, mitä en koskaan tullut palauttaneeksi.

Perustie. Toinen sallittu ulottuvuus.

Perustie leikkaa Solnantietä talomme nurkalta. Hansu - paras ystävä - asuu Perustiellä risteyksen toisella puolen. Pitää vain juosta kahden kadun yli hänen luokseen. Usein katua ylittäessäni laitan silmät kiinni ja juostessani pelkästään kuuntelen mahdollisesti lähestyvien autojen ääniä. Eräänlaista venäläistä rulettia siis. Kerran ikkunassa olleen äitini parkaisu ylittää auton jarrujen hurjan kirskunnan. Onneksi liikenne on vähäistä vielä 50-luvun puolivälissä.

Perustieltä löytyy 50-luvulla paperikauppa, siirtomaatavarakauppa ja lihakauppa, joissa kaikissa mieluusti asioin. Paperitavaran tuoksu vetää puoleensa ja siirtomaatavarakaupan eksoottiset tuontitavarat tuovat aina mieleen Afrikan, ihmissyöjät, joista olen nähnyt kuvia isän kirjoissa ja sen oudon seikan, että kun minä käyn nukkumaan illalla niin Afrikassa aurinko nousee ja joku aivan ikäiseni musta tyttö herää aamupalalle ja leikkeihinsä, musta käkkäräpää nukke kainalossa, pelkässä kaislahameessa, taustalla musta iso pata. Haluaisin tavata tämän tytön, esitellä hänelle kaikki nukkeni, leikkiä ja ystävystyä hänen kanssaan. Yhtä outoa ja kiehtovaa on miettiä, miksi maitopulloa kutsutaan maitopulloksi. Mutta Nalle-karkit ovat kaikkein vetovoimaisimpia ja niitä juoksemme hakemaan Hansun kanssa siirtomaakaupasta lähes päivittäin.

Perustie jatkuu yhteiskouluun vievän tien yli ja sinne menen äidin kanssa kerran viikossa yleiseen saunaan.

Alue on minulle vieras, sinne en saa yksin mennä. Talot ovat yksityisiä omakotitaloja, puutarhat isoja ja muurejakin niiden ympärillä on. Tällaisessa talossa on yleinen sauna kellarikerroksessa. Äiti viihtyy siellä hyvin. Hän juttelee muiden naisten kanssa vilkkaasti. Mutta minä marisen koko ajan. En ole aikaisemmin juurikaan ollut saunassa ja aina alkaa pelottaa ja tulee liian kuuma, kun löylyhuoneen ovi sulkeutuu. Mitä enemmän marisen ja vaadin joko löylyhuoneen ovea auki tai päästä pois saunasta, sitä ankarampi äiti on - löylyä pitää heittää kunnolla eikä ovia availla. Sitten kerran käy niin, että yhtäkkiä pesuhuoneessa jalkani eivät kanna ja hälisevä parvi naisia toimittaa minut pukuhuoneeseen virkoamaan. Makaan laverilla ja kuuntelen, puhutaan kovaan ääneen jopa ambulanssista. Vähitellen virkoa ja lähdetään siitä sitten kotiin päin. Äidin ilme on kireä eikä saunaan enää sen jälkeen mennä.

Klaukkalantie, kolmas ulottuvuus.
Klaukkalantie on muusta Munkkiniemestä hieman syrjässä ja talot seisovat siellä yksitoikkoisessa rivissä valkoisina, vaatimattomina ja jo 50-luvulla hiukan nuukahtaneen näköisinä. Talvisin suuntaamme luistinradalle ja pieneen metsikköön, jossa on liukumäki ja näissä molemmissa onnistun lyömään otsani jäähän niin pahasti, että äiti katsoo parhaaksi valmistaa lettuja mansikkahillon kera. Mansikkahillo ja letut edustavat suurinta mahdollista harmoniaa, lämpöä ja kodikkuutta - hillon lämmin hohde ei jätä koskaan kylmäksi.
Kesäisin meitä houkuttelee Klaukkalantien takana Tammitie. Sen vierellä vanhat tammet ja niiden suuret onkalot houkuttelevat, ovat valmiit imaisemaan meidät sisäänsä kuin avaruuden mustat aukot. Toiset lapset kutsuvat äitiäni rääkyakaksi, koska äiti todellakin rääkyy lapsille ikkunasta kuvitellen siten puolustavansa minua kaikissa mahdollisissa pienissä yhteydenotoissa. Siitä aiheutuva häpeän tunne yhdistyy muistoissani aina juuri Klaukkalantiehen.

Munkkiniemen vanha keskusta näyttää hyvin entistetyltä. Minun taloni on kermanvärinen ja parvekkeet ovat lilahtavia. Kurkistan lasisten ulko-ovien läpi kahteen rappukäytävään -omaani ja Hansun. Hissit kiiltävät kromia ja kuparia, valaistus niissä näyttäisi olevan hienostunut, rusehtava - varmaan hissin kulkiessa soi taustalla vaimea musiikki. Kone Oy ei ole suinkaan runnonut hissikuiluun moderneja ruumisarkkujaan EU:n määräämine kaksoisovineen, vaan hissit ovat verkkohissejä edelleen. No, olemmehan porvariston hillityn charmin ytimessä täällä Munkkiniemessä. Verkkohissi on yllätys, mutta mikäpä toisaalta tuo paremmin esiin minkkiturkin arvokkuuden kuin "tervetuloa" toivottava vanhan ajan kromille ja kuparille hohtava verkkohissi, jossa on iholle ystävällinen valaistus.

Kulkiessani pitkin Munkkiniemen katuja näen paljon koululaisia, sekä suomen- että ruotsinkielisiä. Kauniita, itsevarmoja, hyvähampaisia lukiolaisia, selvästi tervettä, vaurasta rotua. Minkälaistakohan on nykyään käydä Munkkiniemen Yhteiskoulua? Hiven haikeutta on ajatuksessa, että kerran minäkin kävelin näitä katuja, ja kaikki unelmat odottivat toteutumistaan. Hiven haikeutta, kyllä.

Lähden lopuksi kävelemään Tiilimäkeä päin. Ohi urheilukentän - voi sitä häpeän tunnetta, kun melkein aina valittiin pesäpallojoukkueeseen viimeiseksi.

Entisen Kadettikoulun kulmauksessa muistan vilkuttaneeni Jatan kanssa hymyilevälle Prinssi Philipille hänen autonsa kaartaessa valtiovierailullaan Kadettikoululle. Olin imarreltu, koska muita vilkuttajia ei ollut ja juuri me saimme osaksemme kuninkaallisen hymyn ja kädenheilautuksen.

Tiilimäessä asuu ilmeisesti edelleen kouluaikainen ystäväni Marita. En voi vastustaa kiusausta vaan kävelen heidän kaksikerroksisen kotitalonsa portaille, ja kurkistan, keitä talossa asuu nykyään. Nimilaatassa lukee edelleen hänen sukunimensä. Haluaisin soittaa ovikelloa, mutta en tietenkään voi, sillä edellisestä tapaamisesta on 40 vuotta - olisi pitänyt ottaa yhteyttä aikaisemmin. Olimme lukiossa ja sen jälkeenkin erottamattomat monen vuoden ajan. Marita oli älykäs, kaunis Mona Lisan lailla, ristiriitainen persoona, helposti särkyvää sorttia, taiteellinen. Sydämellinen ja huumorintajuinen ystävä. Haluaisin niin kovasti soittaa ovikelloa. Seison talon edessä hetken. Ehkä voimakas tunnelma aiheuttaa helteessä lievää pahoinvointia ja käännän selkäni huvilalle. Kävelen hiljaksiin läheiseen kahvilaan syömään ja sen jälkeen aikakapseli ovien kevyesti sihahtaessa imaisee minut sisuksiinsa lehmusten varjostamalta kotipysäkiltäni ja palauttaa minut 2000-luvulle.

NUORUUS

HALOO!!
MISSÄ OVAT OIKEUTENI?
OVET, JOIDEN PITI AVAUTUA?
MISSÄ MINÄ OLEN?

NUUKAHTANEET KUKAT

Mä olin yhteiskoulussa varmaan ekalla, kun isä auttoi mua ruotsin tehtävässä. Lausuin runoa Tre små troll ja isä neuvoi, miten troll äännetään. Isä sanoi, että o-kirjain on lyhyt siksi, että sitä seuraa kaksi konsonanttia. Herranjestas, miten mä ihailin isää! Maailma on helppo valloittaa, jos on isä, kehen turvata, joka osaa ratkaista ongelmat. Mielikuvissani jo näin, että meillä olisi iso kirjasto ja isä istuisi siellä mahonkisen kirjoituspöytänsä takana ja mä saisin aina halutessani mennä isän luo kysymään neuvoa, keskustelemaan. No joo, vähän niinku tv-sarjassa Suomisen perhe, mutta toisaalta se isän oivallus troll-sanan ääntämisestä jäi ainooks neuvoks, minkä mä siltä ikinä sain.

On niin, että meillä on kotona ihan liikaa sairautta ja huolia, että kukaan nostais hitaasti päätään sanomalehdestä, kotitöiltään, kiikkustuolistaan, liikahtais omasta nurkastaan, kysyisi, että "mitä Sulle kuuluu?" - ei kato, me enempi ollaan kukin tahoillamme. Mä haaveilen, isä haaveilee kauppaneuvoksen arvosta, äiti, niin, hän tekee kotitöitä, on hiljaa. Asetelma tuo mieleen nuukahtaneet kukat maljakossa tai näin mä sen tulkitsen. Siis ollaan vähä niinku eri puolilla Hiljaisuuden merta kukin omalla pelastuslautallaan ja kun äiti huutaa: "Villee kahville", alamme kauhoa ja rantaudumme keittiön pöydän ääreen. Säännöllisesti toistuvana siinä on oma kodikas vivahteensa.

Riitely kahvipöydässä on hirveetä. Aina on sama aihe. Kunnoton, kiittämätön, kuriton, itsekäs nuoriso. Ennen lapset huolehtivat vanhemmistaan, nyt karkailevat opiskelemaan kaukaisiin yliopistokaupunkeihin, unohtavat hyväntekijänsä, hävyttömät! Miksi ne kohdistaa tän vihan ja pettymyksen muhun? Mitä ne odottaa mun vastaavan niille? Valitsevan puoleni, vai? Tieksä, mä vertaan tätä tykistökeskitykseen. Mä oon jo täynnä luodinreikiä, väsynyt. Sota on julistettu nuorta sukupolvea vastaan ja sen ne on päättäneet voittaa, vaikka Karjalan menettivät. Näin mä tän tulkitsen.

Onneksi mulla on kaksi setää, Veikko ja Allan, jotka keskustelee mun kanssa niinku mä toivoisin mun vanhempien keskustelevan. Ne on asioista, yhteiskunnasta kiinnostuneita ihmisiä ja varsinkin Veikon kanssa väitelläänkin, mutta aina mulla on tunne, että mut otetaan vakavasti. Eikä ne oo katkeria kaikesta. Ja on mulla kavereita, joiden kanssa jutellaan, vaikka en mä niille kehtaa mun perheestä kertoa, siitä tunnelmasta meillä kotona. Kavereiden kanssa elämä tuntuu aina paremmalta, silloin kaikki on enempi niinku jengoillaan, niinku enempi kuosissaan.

KUTISTUN NUKEKSI KENKÄLAATIKKOON

Maailma on joka päivä uusi ja pelottava. Upottavaa höttöä. Mutsi sanoo, että epäonneksemme hänellä on vaihdevuodet samaan aikaan kun mulla murrosikä. Sen takia me kuulemma riidellään jatkuvasti. Se sano sen jotenki valaistuneena ja niinku vapaana kaikesta syyllisyydestä ihan kuin tämä oivallus takaisi oikeutuksen jatkaa elävien kuolleitten elämää täällä meidän huoneuston hämärissä katakombeissa. Tai niin mä sen ymmärsin. Aattelin, että joku sen lääkäreistä oli sitä näillä sanoilla lohduttanut, ehkä migreenilääkäri Pikkarainen, joka on sen luottolääkäri.

Mä tunsin itseni lähinnä loukatuksi, koska näinhän mutkin vedettiin ikäänkuin osavastuuseen kuulematta mua, mun mielipidettä. Ärsytti äidin euforinen ilme!

Kotona tuntuu siltä kuin eläisi likistettynä kahden kaatuvan seinän välissä, on tukalaa ja vaikea hengittää.

Osa musta on oppinut taidon vältellä, kutistua, rypistyä, hiipiä pois häiritsemästä, muuttua tarvittaessa olemattomaksi, leluksi, nukeksi kenkälaatikkoon vaikka. Siis tahdottomaksi. Ja kun tarve vaatii, muthan kiskotaan kenkälaatikosta, olohuoneen näyttämö valaistaan ja minä kilttinä perhetyttönä soitan vieraille pianolla Fur Eliseä tai Straussin valsseja, joissa epäonnistun säännöllisesti ja surkeasti, mutta vanhemmat ne vaan jaksavat kerta toisensa perään panna nää karnevaalit pystyyn. Sitten takaisin laatikkoon, kansi kiinni ja laatikko hyllyn nurkkaan.

Mun pitäis murtautua ulos kenkälaatikostani, vapautua tästä marionetti-oireesta, mutta en uskalla. Pitäisi paukauttaa ulko-ovi kiinni, lähteä ulos kaduille kohtaamaan itsensä, pulahtaa pintaan syvistä vesistä. Pohjimmainen syy siihen, miksi näin ei tapahdu on pelko, että äiti, niin sairaalloinen, saisi kohtauksen ja kuolisi.

Sehän olis mun syy silloin, eiks vaan!

Ja sitä paitsi, mä olen jo tottunut vankilaani. Kenkälaatikko on tuttu ja turvallinen hämyisenä, hiukan pölyltä ja vanhalta kenkärasvalta haiskahtavana. Ja palvelu pelaa. Laatikossa on mukava köllötellä, odottaa äidin tekemää välipalaa ja haaveilla itselleen ihanaa tulevaisuutta.

Huomaatsä, ett mua vetää vastavoimat eri suuntiin. Kato, mä en oo itse tehnyt mitään valintoja. Mä oon alistuja. Se on aika rajua. Mut mähän muistaakseni sanoin, ett elämä on pelottavaa höttöä. Muuten hei, voisiko joku järjestää mulle ihan liikuntaa ajatellen sellasen muovisen pallon sisälle sijoitetun hamsterin juoksupyörän. Saisin turvallisesti ja mukavasti liikuntaa kieriessäni huoneesta toiseen ja takaisin ikävystyessäni.

VÄLIMERKKI

Mä oon meidän perheessä välimerkki, jonka tarkoitus on vahvistaa päälausetta. Toistan, mä oon meidän perheessä välimerkki, jonka tarkoitus on vahvistaa päälausetta.

Tietty, myönnytykset, värittäminen, painotukset - välimerkeillä voi vaikuttaa kokonaisuuteen, tarinaan, kulisseihin. Mutta mitä välimerkki itse on, ei mitään - kuin torakan tai hukkuneen hämähäkin jätökset tekstin seassa, itsessään vailla merkitystä. Mä tarvitsisin itseni, se on tän jutun juoni, mä tarvitsisin itseni.

Alkuun olis hyvä, jos saisin uuden kropan, uudet kasvot, meikkejä, kavereita, elämää.

Isä jäi työttömäks ja nyt mä siis istun tän arvokkaan porvariskoulun vaatenaulakon takana patterilla hieltä haisevien talvisaappaiden ja takkien ympäröimänä ja syön näkkileipää ruokkiksella kun ei oo rahaa osallistua ruokailuun.

Eikä tää nyt oo se iso juttu. Iso juttu on se, että mä putoon syvään kuiluun joka päivä, että mä pidätän hengitystä, ettei kukaan huomaisi sitä ja että mä kuolen kauhusta kymmenen kertaa päivässä, enkä tiedä, miksi. Jännitän, vatsa on kipee, oon uneton ja oon sitä paitsi koko talven epäilly sairastavani aivokasvainta.

Mut kotonahan tästä ei voi kertoa, ei varsinkaan nyt, kun äitiä viedään Hesperiaan viikon välein ja isä on maansa myynyt. Ei sikseen, en kertoisi muutenkaan.

Välimerkkihän vahvistaa, mahdollistaa tapahtuman ja sen painotukset, ei osallistu itse tapahtumiseen.

Oleellista mun kohdalla on, miten näyn muiden silmissä, miten käyttäydyn, miten vastuullinen ja kiltti ja huomaavainen tytär olen. Se ainoastaan osoittaa, että olen olemassa. Muuten olen pahasti eksynyt - lyhyesti todettuna - mennyt hukkaan, hakoteille, kadonnut metsänpeittoon, pudonnut pitkospuilta, - elän rinnakkaistodellisuudessa.

Ja tässä rinnakkaistodellisuudessa, missä mä siis elän tassutellaan hiljaa ja varovasti, ettei häiritä äitiä eikä isää. Ovia ei auota, ikkunoista ei tuuleteta. Ilmassa värjyy syyllisyys, itku ja kaikenlainen ininä. On helpompaa suorittaa elämä ulkolukuna kuin että syventyisi ja eläisi tekstin läpi, eläisi, jopa kyseenalaistaisi.

Ja ihan samaa kaikki on nuorisopoliklinikalla. Kun en tiedä, mikä on oikeaa, mikä väärää puhetta annan mennä ulkolukuna niin kuin vain hyvä, kiltti, vastuuntuntoinen, vanhemmistaan huolehtiva ja fiksu tytär puhuisi. Ehkä mä oon tyhmä, mutta muutakaan en osaa.

Mutta hei, on hyviäkin hetkiä. Kun tulin nuorisopoliklinikalta kotiin, ilta pimeni, satoi vähän. Kävelin bussipysäkille. Suuret lehmukset havisivat pään yläpuolella ja niiden märät lehdet kiiltelivät katuvaloissa. Vuodenaika oli selvästi vaihtumassa. Ilmassa oli jo aavistus muutoksesta. Yhtäkkiä mä tunsin itseni kokonaiseksi, itsenäiseksi, pystyväksi. Mä olin vahvasti maisemassa.

NUORET KADULLA

Ilta pimeni ja syystuuli ravisteli, pudotteli puiden lehtiä, jotka
kiiltelivät kosteina katuvalojen loisteessa.
Nojailtiin ja notkuttiin tuntikaupalla porttien pielissä ja
rappukäytävissä. Jauhettiin jenkkiä, puhallettiin purkkapalloja, ihan
vaan ajan kuluksi. Katseltiin poikia. Oli kylmää, piparminttukylmää,
mutta ei me siitä välitetty. Saatiin olla myöhempään ulkona, kun
oltiin jo oppikoulussa ja kaikki muutkin maleksi kaduilla. Se oli
hurjan jännää.
Ennen kadulla pelattiin palloa seinään ja tehtiin temppuja – taputa,
pyörähdä, ota koppi – mutta nyt ei enää kehdannut.
Välillä vaihdettiin paikkaa ja seisoskeltiin Bio Ritan uloskäytävän
portilla. Leffa oli vielä kesken ja meitä nolotti, kun ei päästy
katsomaan sitä. Se oli lapsilta kielletty ja Hansuli möläytti kassalla,
että yksi lastenlippu.
Minulla oli päällä puolihame, jossa oli vihreitä ja ruskeita ruutuja,
villasukat ja ruskea puolitakki. Hansulilla hame, punainen anorakki
ja huivi päässä.
 Katseltiin, kun isommat kulki ohi ja poltti tupakkaa - kyllä se näytti
hienolta.
Vähän aristi seisoskella siinä, jos ne isot vaikka ajaisi pois,
sanoisivat, että me oltiin niiden paikalla. Mutta ne kulki savua
tuprutellen alas Solnantietä ja nauroivat kovaa.
Meitä vähän vanhempi Jarkko tuli tupakka suussa viereisestä
rappukäytävästä. Minulta meni niinko polvista holtti, kun se on niin
ihana. Se on luokan pelle ja laulaa Cantores Minores – kuorossa.
"Mitäs tytöt", se kysyi. Mä ajattelin, että nyt tai ei koskaan, mutta
Hansuli ehti ensin – se elehti kuin televisioesiintyjät ja kikatti
jotenkin honottaen. Mä en saanut sanaakaan suustani, katselin
vaan sitä Hansun veikistelyä kadehtien ja mustasukkaisena. Olin
hävinnyt pelin, en oikeastaan päässyt edes alkua pidemmälle

arkuuttani. Palelin, halusin mennä kotiin, halusin, että kaikki olisi niin kuin oli aina ennen ollut.

Jarkko sitten lähti omille teilleen ja me Hansulin kanssa jäätiin kaksistaan. Ensimmäisen kerran joku oli lyönyt kiilan, murtanut railon väliimme - syvän ja leveän. Seisoimme aivan reunalla. Toinen voitonvarmana, toinen kateellisena, molemmat hämmentyneinä.

Lapsuuden taikako oli vähitellen murtumassa? Sitä emme silloin kuitenkaan ymmärtäneet.

Mököttäen suuntasimme sinä iltana kotia kohti.

Seuraavana päivänä Hansuli tarjosi koulun jälkeen pirtelöt, sanoi, että Jarkko on tyhmä ja että minä olen aivan Farah Diban näköinen. Se kaikki riittikin anteeksipyynnöksi ja taas oltiin erottamattomat.

TEININ KOSTO

Tää on stoori siitä, kuinka mä panin pahan kiertämään. Ja paha totteli. Se nakutteli oletettua ympyräänsä kuten vieteriankka ja levitti myrkkynsä. Silloin mun sisuksissa solisi nauru kuin kevätpuro auringossa - ei sitä joka päivä muutu ripuloivasta teinistä laskelmoivaksi kostajaksi.

Katos, juttu kulki näin;

mun matikanmaikka heitti neloset puolelle luokkaa yo-lautakuntaan lähtevään viimeiseen välitodistukseen. Akka vihasi meitä kaikkia. "Teistä ei tule edes farmaseutteja, kun ette kuitenkaan pääse yliopistoon", oli akan eväät meille, ja kun sitä vuodesta toiseen jankutettiin, niin lopulta me matalaotsaiset ja tyhmät humanistit se uskottiinkin. Akan päätyö oli kaikki vuodet ollut itkettää ja kiusata ja loukata, mutta että yhtäkkiä puolet luokasta saa neloset - hei - siitä oli oikeudenmukaisuus kaukana! Mä sanon, että se oli eukon kosto jostakin mistä lie sen oman mädän elämän suohuuruista ja Gaussin käyrästä viis!

Luokka teki valituksen, mutta mä tein vielä enemmän.

Mullahan oli käytettävissä täsmäohjus, laukaisuvalmiina. Oli vain valittava oikeat koordinaatit ja ohjus levittäisi tuhoa ympärilleen. Siis äiti, jos et jo tajunnut.

Mä vein nelosen kotiin ja surullisena selitin, että nyt akateemisen uran saa unohtaa. Veljeni tavoin jäisin ilman hohtavan valkoista ylioppilaslakkia tämän nelosen, tämän mitä suurimman vääryyden tähden.

Äiti alkoi täristä ja kovasti kertomustani mehustaen, nyyhkien, viattomuuttani korostaen, eläytyen marttyyrin osaani kuin en koskaan ennen asentelin kaikessa rauhassa koordinaatteja. Sitten lähdettiin Stokkalle kahville, muistatko? Ei ollut kiirettä, kaikki hoituisi itsestään.

Aivan oikein. Kotiin tultuani mutsi hääräili keittiössä punakkana ja raukeanakin purkauksensa jäljiltä ja sen naama loisti kuin ylenmäärin kermaa latkineella katilla.

Tämän luin sen kasvoista ja tiesin, että ansa oli lauennut.

Illalla sitten kuulin, että äiti oli raivoissaan soittanut matikan maikalle ja vihapäissään manannut, langettanut kirouksen sen ylle. Siihen juuri olin pyrkinytkin. Tiesin, että äiti pystyisi siihen, kun sen brutaali puoli vain pääsisi valloilleen.Tieksä, jotenkin mun oma taakka tuntui silloin paljon, paljon kevyemmältä.

Seuraavana päivänä juhlittiin koulussa meitä abeja ja vanhemmat oli myös kutsuttu. Mutsi meni pyytämään eukolta anteeksi ja akka oli kuulemma vaan pyytänyt, että se peruisi kirouksensa. No, näin kävi ja se siitä.

Tentit meni tosi hyvin. Opettajat olivat tyrmistyneitä mun äidin käytöksestä, mutta sehän ei liittynyt mitenkään minuun, eihän??

Lopputodistukseen tuli kahdeksikkoja, yhdeksikköjä ja jokunen kymppikin. Matikasta tuli vitoset.

ÄHTÄRISSÄ

Pyörän renkaiden alla hiekka rahisee. Kuusijonot tien molemmin puolin viuhahtavat ohi, metsätaipaleiden välissä leppoisat aukeat, niityt villikukkineen ja tuoksut ja vapaus - mikä ihana kesäloma! Olen ystäväni Irkun kanssa hänen sukulaistensa luona Ähtärissä ja nyt menossa saunomaan uusien tuttavieni luo. Ajamme lujaa, ilta alkaa vähitellen viilentyä. Hikipisarat iholla ja lähes huomaamaton hengästyminen antavat voiman ja hallinnan tunteen. Mutta mitä nyt? Irkku kääntyy ja suuntaamme metsään, metsäpolulle ensin polkien, sitten taluttaen pyörää. Hämärä on hiljalleen laskeutumassa. Näkee vielä hyvin, mutta ymmärtää tiheän metsän hiljaisen uhan.

Minä olen asfalttilammas ja tämä metsä on vieras, outo ja salaperäinen. Irkku kuitenkin näyttää löytäneen oikean polun enkä voi muuta kuin seurata häntä. Saavumme melko pian mustanpuhuvan lammen rannalla sijaitsevalle saunamökille. Vastaanotto on ystävällinen, sauna odottaa ja saunakahvit. Meitä kohdellaan kuin aikuisia ja olemmehan me jo melkein käyneet keskikoulun. Vähän vierastuttaa, kun en tunne isäntäväkeä, mutta Irkku juttelee vapautuneesti ja minutkin riuhtaistaan mukaan vilkkaaseen keskusteluun muutaman kynttilän luoman kotoisan valopiirin suojaan tässä pienessä tuvassa keskellä tummaa korpea.

Sauna on kuin maahisen maja, tummahirsinen ja vanha - nojaa kenottaa kapeaan kuunsirppiin ja luo lampeen kuvajaisensa. Löylyssä kerron Irkulle maahisista. Siitä, kuinka ne ennen aikaan palvelivat ihmistä monin tavoin, siivosivat tuvat, ometat, kaitsivat karjaa ja suojelivat metsän pahalta, mutta ihmisten ahneuden suututtamina nykyisin elelivät itsekseen juurakoiden alla sammalella vuoratuissa pesissään tai tuulen kaatamien puiden suojissa juuri tällaisilla korpialueilla. Eivät ne enää ole vaarattomia, sanon.

Sitten heitetään löylyjä ja uidaan lammen lämpimässä vedessä. Monta kertaa. Tuvassa isäntäväki odottaa kärsivällisesti iltapalan kanssa. On jo lähes puoliyö, kun emäntä lähtee sähkölampun kanssa saattamaan meitä metsän läpi maantielle. Mennään peräkanaa, minä viimeisenä pyörää taluttaen ja polun juurakoihin kompastellen. Pimeys on päällekäyvää ja sitä vastaan on oltava tosi notkea, ettei kaadu ja satuta itseään. Pahinta olisi jäädä muista jälkeen ja yksin pimeyteen. Yhtäkkiä näen outoja! Polun vierillä loistaa pienen pieniä valoja, ne tuikkivat ja vilkkuvat polun molemmin puolin kuin meille kunniaa tehden, keinuvat lehdillä hiljaa lepatellen, siirtyvät äänettömästi paikasta toiseen, ja niitä on paljon, metsän täysi, minusta tuntuu! En uskalla kysyä, näkevätkö muut niitä. Pelkään saavani sairaskohtauksen kuten äiti niin usein vieraisilla ollessaan tai oudoissa tilanteissa. Irkku ja emäntä juttelevat yhdentekeviä jossakin edelläni. Ovatko nuo oudot pikkuruiset valot maahisten lyhtyjä, joilla valaisevat tietämme kohti metsän rajaa vai yrittävätkö harhauttaa meitä, ajaa metsänpeittoon.

Lopulta maantie häämöttää hiukan muuta maisemaa vaaleampana ja pääsemme polkemaan leveää hiekkatietä. Emäntä lähtee yksin takaisin metsäpolkua pitkin, mikä lie maahinen, hänkin. Kauniit kutsuvat valot heinien korsissa ja lehdillä askarruttavat hetken, mutta kun ajamme vauhdilla pitkin yöllistä tietä kohti kortteeriamme, yhtäkkiä tuntuu siltä, että koko tämäniltainen seikkailumme, untako se vain oli!

LIFTIREISSU

Me liftattiin ensin pohjanmaalle, Pietarsaareen, Sisko - se on mun paras kaveri ja minä. Kumpi keksi tän ajatuksen, sitä mä en muista, mutta meillä oli ihan tolkuton olo ja mieletön fiilis, kun me tajuttiin, miten nerokas juoni me oli keksitty, joka siis takais täyden vapauden noin viikoks tai vähän vaille.

Sisko kertoi kotonaan, että me mentäis mun perheen mökille ja mä, että Siskon mökille. Se uppos vanhempiin kuin nallen tassu hunajaan ja että me naurettiin väärällämme tätä neronleimausta, voi että!

Mä en ollu koskaan aikaisemmin käynyt Pietarsaaressa pohjanmaalla ja maisema oli ihan outo - taivaanrantaan asti peltoja, mielettömästi latoja, latomeristä meille puhuttiin - suoraa hiekkatietä loputtomiin.

Auringonlasku pilvettömällä taivaalla punasi pellot ja ladot ja maitohorsmat vilisivät silmissä tien vierillä. Rekkakuski ajoi kovaa, se oli nuori kaveri, kiltti, mutta piti niin kovaa vauhtia, että mä vähän pelkäsin, ihan oikeesti. Myöhemmin illalla kauempaa pelloilta ja soilta nousi usvaa, joka hiljakseen aaltoili niillä valtavilla aukeilla ja muutti harmaat ladot jotenki salamyhkäisiksi. Tän kaiken mä muistan, kun se maisema oli mulle niin vieras.

Pietarsaaressa oli jotkut Siskon serkkujen bileet ja se rekkakuski tuli mukaan. Siskon mielestä se oli muhun ihastunut, en mä tiedä. Se kai lopulta loukkaantui, se rekkakuski, kun sitä katsottiin vähän vinoon, se ei nääs kuulunu joukkoon. Se lähti, kun sitä ei huomioitu, mutta mulle tuli siitä vähän surullinen olo.

Toinen outo juttu Pietarsaaressa oli meri. Mä voin sanoa, etten mä koskaan ole nähnyt merta, koska niitä polvisukkavappuja Kaivopuiston rannassa Hansun ja sen perheen kanssa juhlapopot jalassa ja jäätelötötterö kädessä ei lasketa. Ei lasketa siksi, että meri Pietarsaaren edustalla oli villi ja kahlitsematon, se ärjyi ja vaahtosi, sen väri oli tummanpuhuva, harmaa. Kaivopuiston lietteet voi unohtaa.

Me vietettiin yks päivä mökillä siellä meren rannalla, enkä mä kyllä koskaan aikaisemmin ollut nähnyt niitä käkkärämäntyjäkään, matalia, tuulessa taipuneita. Hiekkaa hampaissa, hiekkaa silmissä, hiekkaa kaikkialla.

Pietarsaaresta me sitten ajettiin alaspäin Mikkeliin. Saatiin hyvin liftiä ja autoilijat oli ihan mukavia. Yhden kuskin kanssa innostuttiin laskemaan vastaantulevia autoja. Laskettiin, kuinka monta sadasta vastaantulevasta on kupla-volkkareita. Vastaus: melkein kaikki.

Sisämaan soratiet alkoivat tuntua tutuilta. Oli mäkeä, mutkaa, näkyi järvenselkää, kivisiä pikkupeltoja kuusimetsien reunustamina - niin paljon kotoista ja tuttua yhdellä silmän mitalla ja vielä kaupan päälle leppoisat pilvilampaat sinisellä taivaalla - toista pohjanmaan lakeudet, silmänkantamattomat.

Mikkelin kieppeillä ilma oli kesäinen, loikoiltiin vapaina kaikista kahleista tien poskella ja otettiin aurinkoa.

Tietty me oltiin hyvin varustauduttu. Kassissa Siskolla oli terävä tappoveitsi raiskaajien varalta. Yks kuski huomasi veitsen pilkistävän kassista. Se ei sanonut mitään, tuijotti vaan aina välillä sitä veistä ja varmaan kiitti armollista Luojaansa, kun me lopulta poistuttiin kyydistä. Että tääkin jakso meitä naurattaa - me oltiin jotenkin ihan vaan höllästi kiinni todellisuudessa - kaikki vastuut ja huolet, perhe ja muut - ei niitä ollut. Maailmassa oli kato jotenkin niinku uutta keveyttä. Ilo hyppelehti kuusten oksilla, maisema oli täynnä naurua, tie kulki vapaana ja riehakkaana, kutsuvana, ilma oli raikasta hengittää - ja naurua, kikatusta riitti niin, että mahaa väänsi.

Yleensä me yövyttiin opiskelijahotelleissa ja kaikki sujui ihan hyvin. Sitten ilmat kääntyivät huonoiksi. Satoi rankasti päivät pitkät ja me seistiin läpimärkinä jossakin sorateiden risteyksessä sisä-Suomessa kuusimetsän katveessa ja odotettiin kyytiä.

Lopulta me saavuttiin Kyynäröön, jossa meidän perhe tapasi joka kesä vuokrata maalaistalon yläkerran loman ajaksi, mutta nyt me sitten tultiin Siskon kanssa kahdestaan ja vähä niinko isäntäväelle yllätyksenä. Ne oli meille tosi kivoja ja reiluja ja piti meitä vieraina - uitiin, saunottiin, syötiin hyvin ja juteltiin, kuunneltiin perjantai-iltana laiturilla kaleidoskooppia. Paremmin olis tuskin voinu sujua, mutta sitten radion etsintäkuulutus tavoitti meidät. Me oltiin juuri talonväen kanssa ruokapöydässä nauttimassa maukasta lihapataa, kun tää uutispommi räjähti. Silloin ei kuule naurattanu. Setä nousi pöydästä ja hiljaisuuden vallitessa noukki numerolevystä tutut numerot, ojensi luurin mulle. Mä olin aivan paniikissa. Oltiin valheen suojassa karattu kotoa ja nyt meidät oli narautettu nöyryyttävästi. Siskonkin naamasta näin, että naurut on nyt naurettu.

Isä huusi puhelimeen tasan kolme sanaa:"Heti kotiin sieltä!" Bussilla lähdettiin kotiin. Täti ja setä saattoi bussille. Kotimatkalla mä vilustuin ja kun nyt kerran on tää siunattu flunssa ja ääni poissa, lääkäri kieltänyt puhumisen ehdottomasti ja mä olen siis hyvin sairas - mä mielestäni voin olettaa ja toivoa, että vanhemmilta päivien kuluessa menee vähitellen puhti riehumiseen ja kuulusteluihin ja toisaalta ne saattaa ajatella, että tässä sairaudessa on rangaistusta tarpeeksi. Mä siis luulen, että lopulta jompikumpi mun olettamuksista vahvistuu. Molempi parempi. Toivottavasti ääni on mennyt ainakin viikoksi.

EPÄMÄÄRÄINEN TAPAUS

Toivon olevani väärässä. Uskon nimittäin, että olen menettänyt hänet.
Miksi ihmeessä iloisessa pöytäseurueessa, jossa tiesin suurimman osan meistä juopuneista opiskelijoista olevan tieteisiin kallellaan olevia ihmisiä, keksin viinistä innoittuneena väittää, että esineillä on sielu. Pöydän ympärillä huvittuneisuus purkautui naurun hohotukseksi ja kun sinäkään et minua puolustanut, parkaisin humalaisen pateettisuudella:"Miksei maailmassa voisi olla vähän enemmän runoutta?" ja tarkoitin sitä todella. Lopun iltaa istuin itsekseni, olin pahantuulinen, nöyryytetty ja loukattu.

Ajattelin, että sinä et ole minulle sopiva. Minä olen unennäkijä, minun uneni ovat aivan liian yksityisiä, etkä sinä pääse niistä osalliseksi.

Viime yönä olin äitini kanssa pesulassa ja meidän oli määrä yhdessä selvittää valtava kasa likapyykkiä. Pesulan höyryisessä hämärässä näin suunnattoman korkeat, käsittelyä odottavat likapyykkivuoret ja äitini silmistä loisti hänen raivonsekainen tehokkuutensa. Sinun unesi ovat toisenlaisia. Kaikesta huolimatta kuvittelin kätesi käteeni.

On seuraava ilta tai päivän rispaantunut reuna, taivaalla mustia pilviä kuin musteläikkiä. Päivä oli ollut raskas, minäkin rispaantunut. Krapulaisena kävelin äitini luo ja kerroin hänelle, että olimmme eronneet.
Äiti tuhahti, että moneskohan kerta, että olen nirppanokka, mitäs menen hölmöilemään sivistyneessä seurassa. Turhan pienestä otin nokkiini. Toisaalta, hän jatkoi, että olen vielä niin nuori ja tietämätön elämästä-

Eki sen sijaan on maailmanmies- hänestä minun tuli pitää kiinni, eikä kiukutella turhan päiten. "Sitä paitsi", äiti jatkoi "hän ei olisi lähtenyt kertomatta minulle". Niinpä niin – äidin lellivävyehdokas.

Käännyin lähteäkseni. "Et koskaan käy kotona. Olemme odottaneet Sinua", kuulin avuttomuutta äidin äänessä paukauttaessani oven kiinni.

Ymmärsin, ettei tuo pieni riita todellisuudessa ollut syy eroomme. Oli edeltäneitä riitoja, ylimielisyyttä, vähättelyä. Lopulta tapahtui vääjäämätön, aivan kuin valo sulautuu illan hämärään.

Päivät kuluivat eikä minulla ollut hyvä missään. Tuntui, että olin jonakin hetkenä liian iso ja taas jossakin tilanteessa liian pieni tai että maisema ylimalkaan oli vinossa, tai jokin minussa vinossa tai nytkähtänyt arjen ja todellisuuden oudoille reuna-alueille.

Lopulta monet muistikuvat edelliseltä viikolta asettuivat uudella tavalla mielessäni. Tartuin jälleen kurssikirjoihin ja sukelsin runouden aavoille ulapoille. Hengittelin taas vapaasti. Mietin, opinko tästä hölmöilystäni mitään.
Epäilen, mutta toivon olevani väärässä.

AIKUISUUS.

Älä hyppää liian suuriin saappaisiin

katsokin, ettei kengät

kivistä,

likistä,

lonksu,

että

pohjat pitävät

mutkaisilla poluilla

elämän jyrkänteillä,

neuvoi kuollut äitini

minua unessa

JOULUINEN TARINA

Minulla ja pojalla on taskulamput helpottamassa kulkuamme joulukuisessa illassa. On satanut märkää lunta, hämäränä maisema erottuu lamppujen loisteessa. Pensaat hohtavat valkoista, nurmikkoalueet ja kaukainen metsänreuna samoin. Oikealle jää iso kenttä. Sen toisella puolen korkea puuristi kylpee vanhaan koivuun asennettujen valonheitinten loisteessa. Pääväylän varrella suuret koivut muodostavat kesäaikaan varmaankin viilentävän, vihreän lehtikatoksen.
Ympäristö on kuolleille pyhitetty, rauhoittava ja kaunis.
Olen tämän velkaa lapsilleni. Emme ole käyneet lasteni elinaikana kertaakaan vanhempieni haudalla, siis emme yli 30 vuoteen.
Veljeni on hoitanut hautaa. Nuoret ihmettelevät tapojeni turmelusta, mutta minä en ole haudallakävijätyyppiä ja kyllähän he tietävät äidin ja minun ristiriitaisen suhteen.
Poika kulkee nopeasti ja määrätietoisesti etsien korttelia numero 37. Kuljen hänen jäljessään. Kuu on tullut esiin, ilma on raikas ja hyvä hengittää.
Tietenkin suren sitä, että äidin ja minun suhteessa vallitsi puhumattomuuden laki, kyvyttömyys selvittää välisiämme kipeitä asioita. Unissani äiti usein on vieläkin pelikorttihahmo, kaunis, etäinen kuva-aihe, pelkkää pahvia, saavuttamattomissa, minun raivoni, kiukkuni ulottumattomissa.
Valaisemme taskulampuilla hautarivistöjä ja lopulta löydämme haudan läheltä metsän reunaa. Sytytämme kynttilät, puhelemme.
Poika tietää, että mummo piti lapsenlapsistaan kovasti.Hän oli 9-kuinen äitini kuollessa ja nyt haudan ääressä seisoessaan hän toteaa, että on ikävää, kun ei muista mummosta mitään, ei ole

yhteyttä - saatikka ukista, joka Villen syntyessä oli jo ollut kuolleena 13 vuotta.

"Kyllä teillä yhteys on", sanon. "Se ei ole aktiivisessa muistissasi, se on harsomainen, kevyt kudelma mielesi syvissä kerroksissa. Jokainen yhdessäolon hetki - mummon syli, suukot, lepertely, yhteiset leikit, kaikki on jättänyt jälkensä sisimpääsi, jopa vaikuttanut kehitykseesi".

Ja näin puhuessani koen yhtäkkiä vahvan tunteen sukupolvien jatkumosta, johon myös minä sillä hetkellä liityn, aivan kuin seisoisimme vierekkäin, elävät ja kuolleet, hetken samalla puolen rintamaa - myös minä ja äiti. Kokeeko poikani jotakin samanlaista? Hän on aivan hiljaa, mietteliäs, ottaa sitten puhelimen ja näppää haudasta kuvan. Palatessamme autolle vain hiekka rahisee jaloissa. Muita ääniä ei kuulu. Kuolleiden kaupungissa vallitsee hiljaisuus.

On tunne, että oli tarpeen tulla. Äitikin oli odottanut pitkään. Autossa nappaan laukustani seurakunnan haudalle jättämän viestin, jotain byrokratiaa. Luen sen. Hauta-aika on kulunut umpeen ja hauta hävitetään heti vuoden vaihteen jälkeen. Jos emme halua hautakiveä itsellemme, se murskataan tien päällysteeksi ja pian paikalla on uusi kivi, uudet nimet.

KIRJE ÄIDILLE

Hei äiti,

Toivottavasti taivaan ilo vastaa maanpäällisiä odotuksiasi. Olen viime aikoina mietiskellyt, kuka oikeastaan olit ja kuka minä olen. Siksi kirjoitan nyt Sinulle lyhyesti.

Lapsuuden kodissa vallitsi tiukkahuulinen kiukkusi, katkeruus, pelot. Iänikuiset sairaudet piinasivat.

Mutta äiti, jätetään nämä murheet nyt sikseen, eikä etsitä syyllistä. Päinvastoin, ajatellaan, että molemmat olemme syyttömiä. Se lähtökohtaisesti vapauttaa, vapahtaa, antaa tilaa ajatuksille ja tekee olon kevyemmäksi, suopeammaksi, eikö vain.

Olkoot vaikka tähdet syyllisiä kohtaloomme, jos syyllistä pitää etsiä!

Usein elämässä suuret ja laajat siveltimenvedot ilmaisevat enemmän kuin yksityiskohtiin juuttuminen. Siksi haluan kertoa Sinulle kolmen sanan salaisuuden. Nämä kolme sanaa - myönteisyys, toivo ja kiitollisuus olivat perheessämme käytännössä saatikka käsitteinä aivan vieraita, outoja, kuin toiselta planeetalta. Nehän olivat uhka sille katkeruuden, vihaisuuden ja eristäytyneisyyden sävyttämälle, valheelliselle turvallisuuden tunteelle, joka muodosti arkemme. Jähmetyimme, kieltäydyimme kehittymästä.

Mutta nyt on, äiti, käynyt niin, että kolmen sanan salaisuus aukeaa hiljalleen. Tiedätkö - vaikka olisin köyhä, sairas ja pettynyt, tunnen usein aivan yllättäen ja yhtäkkiä suurta kiitollisuutta siitä, että ylipäätään olen olemassa, että saan kokea juuri meneillään olevan hetken, olla osa salaisuutta, jota elämäksi kutsutaan. Havainto, että olemme kaikki tällä pallolla samaa hiukkasenergiaa ja kuitenkin ainutkertaisia, on lohdullinen ja kaunis. Minusta tuntuu, että tämä kolmen sanan arvoitus, sen hidas avautuminen onkin hyvinvointini ja kasvuni edellytys.

Muistan, äiti letut, joita paistoit hyvällä tuulella ollessasi. Miten hillo maistuikaan niiden päällä, miten turvassa tunsinkaan olevani siinä keittiön pöydän ääressä ja miten hillon syvä kirkas puna toi väriä, lämpöä koko keittiöön.

Muistan yhteiset kävelymme Munkkiniemessä. Jos oli kesä ja olimme menossa kaupungille, ostimme jäätelötötteröt ennen raitiovaunuun menoa. Talvella kävelimme usein isää vastaan, kun hän tuli töistä.

Muistan hyväntuulisuutesi kesälomilla, maalaistalossa. Olit maaseudun tyttöjä. Ilmeisesti rakastit kulkea metsissä, käydä marjassa, istua iltaisin saunan verannalla, hakea kananmunat tuoreina läheiseltä tilalta. Silloin vaikutit onnelliselta.

Ehkä huomaat, alan vähitellen aikuistua. Olen kuitenkin kuin pienelle luodolle eksynyt, myrskyjä vastaan alati taisteleva puun taimi. Niin vaikeaa kehitys on.

Oletko - äiti - iloinen puolestani, tästä, sanotaanko välitilinpäätöksestä?

Uskon, että meille riittäisi näistä aiheista keskusteltavaa enemmänkin.

Ehkä kuitenkin olet jo kaiken tämän yläpuolella. Siinäkin tapauksessa toivon, että viihdyt siellä taivaan lakeuksilla, avaruuden suurilla selkosilla.

tyttäresi

KELTAINEN ASETELMA

Pidän pikkuista sylissäni. Hän on muutaman viikon vanha, vasta asettumassa tähän uuteen olotilaansa. Imettäessäni silmät sulkeutuvat välillä ripsien värähdellessä pyöristyvillä poskilla, sitten silmät avautuvat ja katseen terävyys antaa ymmärtää, että jotakin on kehkeytymässä välillemme, katsekontakti. Minun kasvoni ovat vauvalle maailman kasvot ja laskiessani hänet vaunuihin, hänen katseensa alkaa harhailla, kunnes hän löytää minut, rentoutuu ja tuijottaa suorastaan pelottavalla ehdottomuudella ja terävänäköisyydellä suoraan sisimpääni.

Emous asuu nyt minussa. Aivan tunnen, kuinka selkärankakin on vahvistunut – minulla on nyt ihan oikeasti selkärankaa - olenhan äiti ja synnyttäjä.

Kulkiessani vauvan kanssa, työntäessäni vaunuja, tiedostan uljaan ryhtini. Olen itseäni paljon pitempi ja voimatta asialle mitään hymyilen koko ajan. Ihmiset pysähtyvät ja onnittelevat minua perheenlisäyksen johdosta. On kesä. Kävelytiellä tuoksuu raikas mäntymetsä. Kaukana pellolla tähkäpäät kypsyvät auringossa vähitellen keltaisen ja okran eri sävyihin.

Nyt on joka hetki uusi. Elämä ryöpsähtelee kuin ilotulitus. Se hyökyy päälle tuoksuina, väreinä, kesän lämpönä. On puheen porinaa toisten äitien kanssa, monenmoista aherrusta ja koko kaupunki täyttyy lastenvaunukaravaaneista, joita en koskaan ennen ole edes huomannut. Nyt minä olen yksi heistä.

Kuukausien aikana minulle kasvaa, kuten kaikille äideille silmät takaraivoon ja päähän teletappiantennit, joilla saan tiedon kaikesta ympärilläni tapahtuvasta reaaliajassa.

Ja sitten myöhemmin monen vaiherikkaan vuoden jälkeen, kun minulla nyt on aikaa joogata, tehdä läsnäoloharjoituksia ja vaikka halia puita, muistelen usein tätä toisenlaista täydellisen läsnäolon harjoitustani. Se oli rasittavaa - kyllä, ahdistavaa – joskus, kiireistä

usein, mutta ehkäpä juuri siksi tämä elämän värikylläisien vuosien aika säilyy muistissani auringon keltaista, ilon ja energian väriä tulvillaan.
Äitiys - mikä ihana syy olla onnellinen!

KIRJOITTAJAKURSSILLA

Kesäloma. Kello on kuusi aamulla. Herään Lappeenrannassa anoppilassa. Hiivin vaivihkaa keittiöön ja lataan kahvinkeittimen. Sitten rintamamiestalon kolhoon betoniseen kellariin, kylmä suihku, aamujumppa ja takaisin keittiöön kahville. Olen virkeääkin virkeämpi. Harvoin juon aamukahvini hiljaisuuden keskellä, kuunnellen viereisessä huoneessa nukkuvan perheeni satunnaisia äännähdyksiä ja talossa vallitsevaa syvää rauhaa.

Avaan hiljaa ulko-oven. Lämpö tulvahtaa vastaan jo näin varhain ja kävellessä ilmavirta leyhyttää mekkoa ja paljaita jalkoja ja tuntuu, että on kesä, kesä. Ainoastaan muutama harva on liikkeellä lisäkseni näinä aamun tunteina.

Olen matkalla Joutsenon Kesän kirjoittajakursseille. Kauan jahkailin ja aristelin, mutta nyt mennään. Lapset viihtyvät mummolassa ja saavat viettää aikaa isänsäkin kanssa, niin että - kiitos vaan- kieltäydyn syytettyjen penkistä, missä itsekkäät pahisäidit istuvat puolustellen oikeuttaan omaan aikaan. Haluan todella nauttia tästä viikosta ja mahdollisuudesta kehittää itseäni. Siis antaa palaa!

Kaikki on valtavan mielenkiintoista. Neljän päivän kurssilla tapaan samanhenkisiä ihmisiä, keskustelemme kirjoittamisen ongelmista ja onnesta, molempia näyttää riittävän. On aloittamisen vaikeutta, pulaa aiheista, turhaa inspiraation odottelua, kenties liian suurta ankaruutta itseä kohtaan. Ihmetellään myös kirjoittamisen eheyttävää, tervehdyttävää, koostavaa voimaa. Eräs nuori nainen kertoo kalustaneensa yhden kesän ajan itselleen romanttista kirjoitusnurkkausta saamatta sanaakaan paperille. Lopulta hän alkoi odottaa vauvaa vähän kuin korvauksena tai vaihtoehtona romaanilleen. No, hyvä niin.

Kurssin vetäjä on Helsingin Kirjailijaliiton toiminnanjohtaja, joka kannustaa, ohjaa ja käyttää kritiikkiä varsin lempeästi, mutta ammattitaidolla.

Päivät ovat helteisiä. Istumme usein ulkona puolivarjossa suuren puun alla. Pellot ja metsät, niityt ja koivukuja inspiroivat nekin luomisvimmaisia kirjoittajia. Ja opiston hyvä ruoka. Tunnen suurta yhteenkuuluvuutta ryhmän kanssa. Ja etteikö muka enää 40 iässä saisi uusia ystäviä! Jo ensimmäisenä päivänä minä ja Eija keskustelemme kaikesta mahdollisesta maan ja taivaan välillä. Olemme selvästikin sielun sisaruksia.

Kurssin loppupuolella saamme kirjailijavieraita. Ensin tapaamme tunnetun naiskirjailijan. Hän on hiukan etäinen, niukka. Odottaisin enemmän puhetta, asiaa. Hän on kuin nukke, joka otetaan kaapista ja esitellään "Katsokaa, tämä on oikea kirjailija". Hänestä jää kuitenkin miellyttävä muisto.

Toisena esiintyjänä on nuori miespuolinen runoilija, joka mumisee nimensä epäselvästi, on pehmeä-ääninen, pitkätukkainen ja voin helposti kuvitella hänet iltanuotiolla säestämässä itseään kitaralla ja iskemässä kauriin näköisiä naisia. Odotan illan ohjelmaa vain nähdäkseni, olenko oikeassa.

Neljän päivän ajan kuljen Lappeenrannan ja Joutsenon väliä. Nautin lomasta, hetkistä uusien ystävien seurassa, ja sanoista, monen makuisista, joskus niin uppiniskaisista, jotka lopulta kuitenkin löytävät paikkansa ja asettuvat runoiksi. Olen löytänyt itsestäni uuden ulottuvuuden, vai onko niin, että olen vain palannut takaisin, tuulettanut itseni läpikotaisin ja löytänyt mieleni pölyiseltä ullakolta jotakin hyvin vanhaa, jo unohtumaan päässyttä, mutta sitäkin arvokkaampaa.

TYÖSSÄ HOITAJANA

Auringonvalo puski itsepintaisesti sälekaihtimen raoista vanhuksen vuoteelle. Uurteiset kasvot olivat kääntyneet valoon päin, muutama hikipisara loisti otsalla. Aamurutiinit odottivat. Tämä professori, ennen niin vaikutusvaltainen, kunnianarvoisa, suomalaisen kirjallisuuden grand old man kykeni vielä itse pukeutumaan Altzheimer-kodin väljiin päiväasuihin. Toimin hänen hoitajanaan.

Sama kaava toistuu joka aamu. Nytkin hän hiippailee, muka minulta salassa keittiöön, luvattomiin puuhiinsa. Tiedän, että kohta keittiön ovi avautuu ja professorin innosta palavat silmät loistavat ilkikurisina, ovelina ja samalla vähän jurottavina aivan kuin hän olisi pieni nuhteita odottava poikanen. Ja mitä keittiöstä vohkimaansa hän piilottelekaan nyt suurissa kourissaan. Jääkaappimagneettia!

Seuraa päivän kohokohta. Hän tulee luokseni, avaa kätensä ja magneetti on muuttunut arvokkaaksi hänen Afrikan synkistä kaivoksista löytämäksi jalokiveksi, hänen tappamansa krokotiilin nahasta tehdyksi initiaatiokoruksi, tai kannibaalin kutistamaksi pääkalloksi. Kaikki on mahdollista. Professori on siirtynyt poikakirjojen aikakauteen, ja näin me usein juomme yhdessä aamukahvit, eläydymme tarinoihin ja unohdamme potilashuoneen hiukan surullisen aamuhämärän. Mitään menetettäväähän ei enää ole.

Tuolla hän jo vilkuttaakin pujotellen pöytien välistä. Odotan.

KÄMMENEN KOKOINEN TARINA

Vaikka keskustelu potilaan kanssa sujuu hyvin ja luottamuksellisesti, aavistan hänessä yhtäkkiä muutoksen. Levottomuus ja vihantunteet ovat saaneet vallan. Yritän tasapainottaa tilannetta, onnistumatta. Potilas on epävakaa ja psykoottinen. Katse on kylmä ja hänen äänensä - se kumisee oudosti korvissani. Lopetan keskustelun ja lähden etsimään toista iltavuorolaista tuekseni. Kansliassa tapaan vanhahkon naisen, ilmeisesti joku vuokrahoitajista. Pyrin selvittämään hänelle tilanteen vakavuuden. Potilas voi olla vaarallinen paitsi itselleen myös muille.

Kauhukseni huomaan, että keskustelumme aikana hoitaja alkaa hitaasti muuttua tukevaksi ja isokokoiseksi mieheksi, paksuniskaksi, joka sulkee kanslian oven ja sanoo ääni oudosti korvissani kaikuen: "Nyt ei kuule tehdä yhtään mitään".

Mikä kauhea metamorfoosi! Hirveä muodonmuutos! Ja mikä kumisee pääni sisällä? Kuka täällä oikein on hullu?

Herään. Istun hikisenä sängyn laidalla. Ikkunasta näkyy järven aamunraikas, tyyni ja kirkas pinta, se rauhoittaa.

Edellispäivänä olin ajanut väsyneenä ja työstä rasittuneena neljän vuodenajan läpi kesämökille. Etelässä koivut jo vihersivät, sitten heleä himerrys vähitellen hiipui. Imatralla maailma tyystin pimeni ja hammasta purren ajoin läpi lumi - ja räntäsateen hetkessä talviseksi muuttaneessa maisemassa. Mökille saapuessa paistoi ilta-aurinko ja vaikka kevättä ei vielä paljoakaan havainnut, maa ja mäntyjen kupeet hohtivat kultaa. Kannatti tulla.

Aamukahvilla mietin edellispäivän ajomatkaa, seikkailun virkistävää tunnetta.

Mökin hiljaisessa rauhassa, tuulen tuhistessa tuvan ulkonurkissa, alkoi painajaiseni vähitellen etääntyä - hiipua kaukaiseksi pisteeksi kuin pienen kämmenen kokoiseksi.

Olin aikani kuluksi sytyttänyt tuohukset ja nyt ne vartioivat
hirsiseinälle ripustettuja ikoneita kuin suoraryhtiset pikku sotilaat.
Ikonit, halvat, pelkät lakatut, laudalle liimatut painokuvat käänsivät
suojelevat kasvonsa minuun, nuo pyhittämättömät. Ei, väärin
sanottu. Minun ikonini ovat ympäröivän erämetsän pyhittämiä.
Tuulen yltyessä maailma alkoi ikkunasta katsellessa näyttää
vinolta rannan puiden vimmaisesti taistellessa näkymätöntä
vihollista vastaan ja tuntui kuin mökki olisi myrskyssä saanut siivet
alleen ja ottaisi tuulesta voimaa, sanalla sanoen vaihtaisi maallista
sijaansa, siirtyisi toiseen tilaan aivan kuin tarinoissa kerrotaan
vanhojen puiden liikkuvan pitkiäkin matkoja kesäöinä.

KOHTAAMINEN

Huomaan vieressäni istuvan naisen pukeutuneen kokomustaan.
Jopa hänen korvarenkaansa ovat mustat. Epäväri, joka imee
kaiken valon itseensä. Selkeä valinta. Kannanotto, haaste tai ovela
graafinen veto – mustahan laihduttaa ihanasti. Hiukset on vedetty
löyhästi ylös, kädet ovat sisätyöläisen.
Kännykkään uppoutuneena hän on niin omissa maailmoissaan,
ettei huomaa vilkuiluani. Jotakin repäisevää, boheemia ja
maanläheistä hänessä on, rentoutta. Tekisi mieli kysyä, viettääkö
hän ruokatuntia täällä ulkona, mutta todennäköisesti tuo
varhaisessa keski-iässä oleva, ruuhkavuosiaan elävä nainen vain
ärtyisi yrityksestä keskustella – vanhat naiset kun saattavat olla
todella häiritseviä ja pitkästyttäviä, kiinnittyviä. Parempi siis olla
hiljaa.
Otan termoskannusta kahvia ja hitaasti nautiskellen ihailen
allamme avautuvaa merinäkymää. Aistit herkistyvät. Maailman
täyttää lokkien kirkuna ja meren suolainen tuoksu yltää hetkittäin
ylös penkereelle.
Jos istuisin penkillä saman ikäisteni kanssa, maailma täyttyisi nyt
puheesta aivan kuin meillä vanhoilla olisi kiire puhua kaikki alta
pois, ettei mikään jäisi kesken, että kaikki olisi valmista, puhuttu,
selvää, sitten kun maalisuora häämöttää. Nuorilla on varaa olla
hiljaa.
Huvittaa ajatus. Itse asiassa on miellyttävää jakaa tämä maisema
hänen kanssaan. Ja tämä hiljaisuus. Tunnen tietynlaista toveruutta
häntä kohtaan. Näen meidät osana maisemaa kuin taulussa.
Käännyn vaivihkaa häneen päin. Hän on poistunut.

KAIVOLLA

Saavuin kaukaiseen kylään. Kylän keskellä oli kaivo ja naisia veden haussa. Hymyillen he tarjosivat vettä. Kiitollisena join. Ymmärsin, vesi oli parasta, mitä he saattoivat tarjota - elämän vesi. Olin saapunut ilon lähteelle. Kuuntelin tuntematonta kieltä - oppisinko?
Silloin päätin jäädä tähän ikiaikaiseen kylään taustanaan autiomaa ja vuoret, punaiset nyt auringon jo hiljalleen laskiessa.

MUUTTO

Vanha nainen katseli ulos. Joku oli käyttänyt koiraa hänen
ikkunansa alla. Turha antaa tilaa ärtymykselle, nainen mietti –
kohtahan hän jo muuttaisi pois täältä lähtevien junien kaupungista.
Ikkunastaan hän näki pienen puiston kokoisen metsikön, vankkoja,
paksuja, korkeita kuusia – Kymijoen ja kalkkipitoisen maan
ansiota. Nainen oli kaikki vuodet ylpeillyt parvekkeeltaan
avautuvasta maisemastaan aivan kuin se olisi ollut hänen
omaisuuttaan. Pelastustie kulki metsän reunaa ja kesäisin
ikkunoiden alla kasvoi villi ja vapaa nurmikko. Juhannuksen
jälkeen koiranputket valtasivat alaa, ryöppysivät kuin morsiamen
helmat pitkin talon seinustaa. Vähitellen koiran jätös unohtui, mutta
ärtyneet ajatukset pyrkivät pintaan.
Mitä tulikaan luvattua, käväisi mielessä. Toisaalta, näinhän äidit
toimivat, varsinkin hupsut sellaiset. Rakkaus lapsiin ennen
kaikkea, vaikka olisivat jo aikuisia. Oma intuitio, harkinta. Sen
mukaan oli elettävä.
Viime aikoina naiselle oli tullut tavaksi kulkea huoneistossa
ihmetellen tavaramäärää, jonka oli haalinut itselleen. Nyt hän otti
käteensä pienen ikonin. Muisto Bosnia-Hertsegovinasta, Trebinjen
kaupungista. Lyhyen pysähdyksen aikana he olivat ehtineet käydä
kirkossa ja sitä ympäröivässä puistossa ja syöttäneet Kaisan
kanssa ihanaa voitaikinapiirakkaa paikallisille kissoille. Esineet
kertovat tarinoita. Ei niitä voi poiskaan heittää. Muuttolaatikkoon
siis.
Alkuun hän oli pelännyt, että muuttaessaan kaupunkiin olisi tehnyt
virheen. Ei ollut ymmärtänyt, mitä kaikkea eläkkeelle siirtyminen ja
samanaikainen muutto uuteen ympäristöön toisi tullessaan.
Päiväkirjan sivut olivat silloin täyttyneet ikävästä, pelosta ja
epäilystä. Kuitenkin kotiutuminen oli tapahtunut nopeasti. Hän oli

löytänyt juuri oikeat ihmiset ystävikseen, erikoisemmin edes etsimättä.

Pakatessaan muuttolaatikoita hän muisti ensimmäisen kerran tutustuneensa kaupunkiin juhannuspyhinä. Kulkenut kylmän, harmaan, tihkusateisen keskustan läpi. Etsinyt katseellaan ihmisiä löytämättä yhtäkään, aistinut vain aavekaupungin tunnelman.

Kirjaston, teatterin ja Kansalaisopiston nähdessään hän oli ilahtunut ja niistä olikin muodostunut luentoineen, kursseineen ja tilaisuuksineen yksi hänen viihtymisensä kivijaloista. Ja kävelykatu, sen rennot kahvilat, lounasravintolat, tapaamiset ystävien kanssa. Sitten oli Yhdistystalo, yhdistystoiminta. Jaksaisiko hän ikinä uudessa kaupungissa olla yhtä aktiivinen? Toisaalta, mietti rouva – onhan tässä vähän seikkailun makua, kun vanha repäisee ja muuttaa, joskin vaan Riihimäelle.

Ulos vilkaistessaan hän huomasi, että inhoamansa koiran jätös olikin edellissyksyinen, ruskeaksi käpristynyt vaahteran lehti. Jostain syystä tämä huvitti rouvaa, helpotti oloa ja yhtäkkiä teki mieli kahvia ja voileipää.

Pakkilaatikoiden keskellä kahvia hörppiessään hän mietti ankarasti. Mietti ihmisten ahneutta koota ja kerätä, varastoida ja ylimalkaan haalia tavaraa ja omaisuutta itselleen. - Ja yhtäkkiä hetken verran hän näki itsensä vapaana! Hän kulkisi kuin Nuuska Muikkunen minne veri vetää ja kaikki tärkeät ja merkitykselliset asiat hän saisi itselleen ilman kauppakirjoja, tiemaksuja, rajariitoja, sijoituksia. Kuten esimerkiksi pilven tai järven.

Vielä hän ajatteli: " Ensi kesänä lahjoitan mökillä ystävilleni koko mökkijärven, auringonlaskun aikaan. Pitäisi kelvata!"

Rouva pakkasi myöhään yöhön. Muuttolaatikoiden keskeltä näkyi vain hänen harmaa hiustupsunsa.

"Koskaan, koskaan en osta enää mitään", hänen kuultiin murahtelevan ja vielä hänen kuultiin jupisevan: "Ihminen on yhtä sokea kuin kolikot hänen kädessään"

VALKOISEN PAPERIN KAMMO

Rouva poti valkoisen paperin kammoa. Se oli vaivannut häntä lähes puoli vuotta – aina siitä lähtien kun hän oli muuttanut tähän kaupunkiin juuri Korona-aallon kynnyksellä. Kotiutunut hän oli ihmeen hyvin, vaikka ensimmäisten kuukausien aikana lähes kaikki oli pandemian vuoksi suljettu- uimahalli- kirjasto- kahvilat-kaupatkin osittain. Hän oli tutustunut uuden asuntonsa lähiympäristöön ja järjestänyt kotiaan. Kaivannut nuoriaan rajan toisella puolen, Uudellamaalla.

Kaupungissa on säilytetty aika paljon vanhaa, esimerkiksi kauniita, hyvin hoidettuja puutaloja. Kerrostalot ovat enimmäkseen matalia eivätkä näin ollen vie kadun varsien suurilta puilta tilaa, on kahviloita ja kivijalkakauppoja.

Kävelyillään puistoissa vanhan rouvan yllättivät patsaat – ne ovat siroja ja sopusuhtaisia kuin pienet korut vailla niin tavallista suuruudenhullua uhoa. Muutenkin puistot yllättävät kauneudellaan. Niin, mutta tämä valkoisen paperin kammo? Olenko muutosta uupunut ja Koronan täysin lamauttama? Nykyään aiheen löytäminen tuntuu yhtä vaikealta kuin suolla tarpominen rahkasammalen upottaessa ja saappaiden litskuessa suon imussa, paikalleen jysähtäneeltä. Luen tätä nykyä mieluummin valmista kuin alan itse kirjoitella, - hakea sanoja, kesyttää, järjestää, hioa, väitellä niiden kanssa, paimentaa kuin ylivilkkaita päiväkotilaisia, rakentaa kuin palapeliä ja joskus hakea kadonneita sanoja syvältä suon silmäkkeistä.

Toisaalta, aina kun kirjoitan, mieli ryhdistäytyy, tietoisuus itsestä vahvistuu ja jotakin vapautuu minussa. No, herran tähden, miksi et sitten kirjoita!

Näitä rouva mietiskeli iltapäiväkävelyllään syksyisessä harmaudessa. Hän kuunteli askeleitaan, tuulta, sateen tihutusta, autojen ääniä. Marraskuinen maisema ei katseelle paljoa tarjonnut.

Hänelle niin rakkaat lehtipuut olivat päättäneet kesäisen muotinäytöksensä, kääntäneet selkänsä ja vetäytyneet lepoon. Parvi naakkoja lenteli aikansa puiden ympärillä, kunnes valloittivat yhden. Niille kelpasi rujompikin puu. Mitäpä, jos kirjoittaisin puista, rouva innostui. Niissähän on elämää vaikka kuinka ja minäkin olen jo kohta kelo.

Kotiin palattuaan hän ajatuksistaan rohkaistuneena tarttui kynään - ja kas kertomus alkoi nousta siivilleen kuin lintuparvi ja rouva päästi ne kaikki vapauteen.

ERÄS INVENTAARIO

Rouva kävelee jouluvalojen pehmeässä loisteessa. Ihmiset kulkevat ohi kasvomaskeissaan, kiireisinä. Taidehalli, valaistu kirkko korkealla mäellä, pääkadulla talojen kivijaloissa asiakkaiden erilaisiin mielihaluihin valjastettuja pikkuruisia kauppoja ja ruokapaikkoja. Ruumisarkkuliikekin tulee vastaan. Sen tyylikkäiden verhojen välistä pilkahtaa erihintaisia, ilmeisesti erilaisia tarpeita huomioivia arkkuja. Rouvan katse hakeutuu ruumisarkkuliikkeen ikkunaan toistamiseenkin - niin päällekäyvältä ja oudolta tässä hälinässä, Joulun odotuksen hektisissä karnevaaleissa tuntuu ajatus myymälässä ääneti ja kärsivällisesti odottavista ruumisarkuista.

Ja yks kaks astuukin rouva nyt läpi Suuren Portin.

- Oliko ruuhkaa?
- No, Linnunradalla kyllä. Tähtisumu hidasti vauhtia.
- Laskehan tuo säkkisi eteeni. Haen vaa`an ja vaakakupit.
- Kerro itsestäsi. Oletko koskaan tuntenut kateutta, kostonhimoa, vahingoniloa? Oletko kokenut olevasi ylivertainen muihin nähden?
- Oi Arvoisa. Nuoruus meni noissa tuntemuksissa, kun en vielä itsestäni enkä elämästä mitään tiennyt. Aika on ollut opettajani. Olen oppinut karttamaan näitä ihmistä syöviä tunteita.
- Kostokaan ei liene Sinulle vierasta?
- Aika monta ihmistä olen karkottanut luotani juuri kostamalla. Muutaman pomon ainakin. Mutta olinko yksin syyllinen, oi Arvoisa?
- Mitä kadut?
- Surkeaa on, oi Arvoisa, että pitkään kuvittelin olevani aika hyvä ihminen. Olenko kuitenkaan kiinnittänyt tarpeeksi huomiota heihin, jotka elävät katvealueilla, varjoissa,

syrjittyinä. En ole enää siitä niinkään varma. Entä pystynkö puolustamaan ihanteitani ja arvojani? Erotanko omat tarpeeni muiden odotuksista? Olenko laiskuuksissani taipuvainen menemään helpoimman kautta, vetämään mutkat suoriksi? Olenko käyttänyt kykyjäni täysimääräisesti.

- Entä mitä olet oppinut matkallasi?
- Vähät ovat oppini. Mielelläni ajattelen, että jos pidämme yllä toivoa, se ennemmin tai myöhemmin vääjäämättä johdattaa meitä johonkin hyvään. Toivossa itsessään on päämäärä. Se on voimavara, tahtotila, se on asenne.
- Haluatko vielä sanoa jotakin?
- Tapaisin mielelläni äitini. Meillä jäi asiat vähän kesken.
- Äitisi lepää vielä noin 1000 vuotta usvaisen tähdistössä. Maallinen vaellus vei näet veronsa. Mutta katsotaanpa tarkemmin tuota säk...

Aamukahvilla vanha rouva miettii kummallista untaan. "Pitäisi kirjoittaa muistiin", hän nyökyttelee. Katsellessaan ulos parvekkeelle hän näkee jotakin valkoista, puhdasta ja untuvaista. "Mitä ihmettä, kaksi valkoista höyhentä", rouva ihastelee. Varovasti hän nostaa höyhenet käteensä ja vie ne makuuhuoneeseen turvaan.

MÖKILLÄ

TAPAHTUU

Illalla saunarannassa
katson, kuinka
usva, hiljainen pursi
vie päivän uneen.

MÖKILLÄ TAPAHTUU I

Mökillä kaikki on niin erilaista.
Jo aamukahvilla ikkunasta ulos katsellessa tuntuu kuin istuisi
liikkuvassa junavaunussa ikkunapaikalla. Maisemassa tapahtuu
kaiken aikaa. Ruokaileva lintuparvi ja sen arvojärjestys.
Auringossa kiiltelevä hämähäkinseitti, joka ilmestyy kuistin
nurkkaan joka kesä ja aina täsmälleen samalle paikalle. Tuuli, joka
raahustaa pihalla, tarttuu sitten puita tukasta kiinni, kieputtaa,
tanssittaa ja tasaisessa rytmissä rantaan laskevat laineet, joita
tuuli kevyesti näppäilee kuin kosketinsoittimia.
Avatessani keväällä ensimmäisen kerran mökin oven ja astuessani
kynnyksen yli, minut täyttää aina suuri hyvän olon hyöky. Tutut
tuoksut, tutut tavarat talven jäljiltä, ikoni tuvan nurkassa, tuttu, niin
tuttu hiukan kellertävä valon hämy tuvassa.
Tämän mökin olen merkinnyt itselleni, aivan kuten metsän eläimet
merkitsevät itselleen oman reviirinsä. Hetkessä rentoudun.
Yleensä ajattelen: "Nyt voin vihdoinkin, vihdoinkin lukea rauhassa".
Olen turvapaikassani, johon olen varvikon ja kanervien lailla
juurtunut.
Siivoan tuvan, lämmitän saunan ja illan hämärtyessä kaivan
laukusta vaikkapa Dickerin Totuus Harry Quebertin tapauksesta".
Loma voi alkaa.

VARIS-TERAPIAA

Mikään ei ole mökillä erityisen helppoa ja se on oikeastaan etu. Juuri kaiken suorittamisen hitaus antaa arkisille asioille aivan uusia merkityksiä.

Aamukahvin keittäminen on seremonia. Sitä ei keitetä sinkoillen sinne tänne keittiössä ja juoda seisaaltaan eteisessä ennen ryntäämistä K-junalle ja Pasilaan. Ei, tunnelma on suorastaan harras. Ensin täytän vesikannun. Kaadan veden keittimen säiliöön varovasti läikkymisen estämiseksi ja mittalusikalla mittaan tarkan määrän kahvia. Kun leivät ovat valmiit, tunnen jo kahvin tuoksun. Pienessä tuvassa ei voi tinkiä, kaikkien tavaroiden on oltava järjestyksessä. Siirtelen tavaroita ees taas ja minusta tuntuu, että touhuan kuin pappi alttarilla. Vain kauhtana puuttuu. Aamun varhaisina, raukeina tunteina voi sitten nauttia kahvia lämpimässä tuvassa, herätä hiljakseen.

Mökillä olen läsnä vain itselleni. Aistien on oltava valppaat, koska olen yksin. Toisaalta voin täysin keskittyä siihen, mitä teen. Voin kuunnella radiota kiirehtimättä. Voin lukea kiirehtimättä.

Kannon nokassa tuleen tuijottaminen on yksi parhaista keinoista tyhjentää mielensä. Liekkien hohteessa ajatukset nousevat savun lailla taivaalle ja ovat kuin pilven hattaroita, tulevat ja menevät. Siinä istuessa rannan riippakoivu, joka ihailee pitkiä hiuksiaan vedenkalvolla tuo mieleen paitsi Narkissoksen, myös ne ihanat pitkähiuksiset 70-lukulaiset nuoret miehet, jotka nuotion loisteessa lauloivat sydämen ikävästä ja häipyivät. Nekin muistot yksi valkoinen hattara tummenevalla iltataivaalla. Muistoja, jotka nousevat esiin vain silloin, kun on riittävästi tyhjää tilaa, hiljaisuutta ympärillä.

Siinä nuotiolla saattaa tuttavakin tulla tervehtimään. Viereisellä tyhjällä tontilla asustava vanha varis on vuosien varrella tottunut, tutustunut minuun ja kun se aamuisin lentää tonttini yli kansallispuistoon aina samaan aikaan, juuri silloin kun minä puolestani olen menossa huussiin, rääkäisemme toisillemme tervehdykset. Joka kevät pelkään, että se on talven aikana menehtynyt ja ilo on jälleennäkemisen hetkellä suuri, ainakin minun puoleltani. Lähelle se ei koskaan tule, mutta lentäessään matalalla ylitseni, se tervehtii äänekkäästi.

Iltahämärissä menen tupaan. Saatan saada puhelun kaukaisesta kaupungista. Ystävä kertoo työkiireistään, omasta mielestään ilmiselvästi alkavasta dementiastaan ja lopuksi käydään läpi ihmissuhdesolmut. On mukava keskustella, mutta minulle tulee olo, että en vielä, en ihan vielä halua palata kaupunkiin. Aivan kuin ennen vanhaan säännöllisesti vedettiin kellot, jotta ne pysyisivät ajassa, minun kelloani on vielä huollettava, sitten vasta se jaksaa kaupungin tiheätahtisen sykkeen.

Varis-terapiaa vielä muutama päivä, kiitos.

MÖKILLÄ TAPAHTUU II

On 9. päivä kesäkuuta vuonna 2008. Herään mökissäni kesäkuun aamun kirkkauteen. Unen ja valveen rajamailla kuuntelen lintujen laulua ja luonto tulee niin lähelle, että variksen raakkuminen talon nurkalla kuulostaa aivan aamunälkäisen vatsan kurinalta. Siis aamupalaa pöytään.

Mökillä kaiken toiminnan, tekemisen, toisarvoisenkin merkitys korostuu. Se poikkeaa kaupungin kiireisistä aamuista, jolloin on tehtävä minuuttiaikataululla monta asiaa yhtä aikaa, jotta ehtisi bussiin, jotta ehtisi junaan ja lopulta töihinkin.

Täällä maalla tehdään yksi asia kerrallaan. Kahvin keittäminen on harras rituaali ja juuri sopivasti silloin, kun voileivät ovat valmiit, mökkiin leviää kahvin koukuttava tuoksu.

Sinäkin aamuna istahdan kuppini kanssa ikkunan ääreen.

Vilkaisen ikkunasta.

On kesäkuun 9. päivä, mutta suuria valkoisia rakeita näyttää satavan taivaan täydeltä. Metsän puoleisesta ikkunasta näen, että varvikko alkaa jo olla melkein valkoinen ja järven puolella sade on hetkessä muuttunut pyryksi - suuret, valkoiset hiutaleet täyttävät ilman, liitävät lähes vaakasuoraan ja ensimmäisen kerran kadotan näkyvistäni järven puolivälissä sijaitsevan Petkelsaaren. Tiheä pyry lumiräntää peittää sen kuin esirippu. Järvi kuohuu tuulen ja sateen voimasta, ja usva nousee jo lämmenneestä järvestä. Maisema on psykedeelinen, suorastaan pelottava. Kuistin lämpömittari näyttää +3 astetta.

Tunnen itseni levottomaksi, vähän aistiharhaiseksi. Maa on sohjoinen ja lehtipuut roikottavat oksiaan märän lumen painosta. Mökkiä kohden ojentuvan vanhan kuusen oksat lumipeitteisinä muistuttavat suuren, mutta ystävällisen eläimen valtavia tassuja. Käännän patterin täysille ja pian mökissä on kodikasta ja lämmintä. Tunnen itseni hyvin pieneksi täällä erämetsän taskussa, tuulien tuiverruksessa.

Myöhemmin kävelen vaaran kupeelle. Maisema erottuu terävänä, teräksen kirkkaana, lähes sahalaitaisena. Valo on kalvakkaa ja valjua, pienet lammet savuavia nuotioita ja usvat kulkevat sankoin joukoin kuin hattivatit ikään. Olen kuin vieraalla planeetalla, hiukan nyrjähtäneessä todellisuudessa.

Seuraavana päivänä varvikosta löytyy vielä lumirännän rippeitä, hiukan valkoista siellä täällä.

Iltapäivällä istun kuistilla. Järven kimallus ja radiosta kuulemani klassisen kitaran juoksutukset sekoittuvat toisiinsa, sulautuvat yhteen, natsaavat niin svengaten, että hetken voin suorastaan kuulla järven välkehdinnän.

Kesä on palannut.

MÖKILLÄ KEVÄTAIKAAN

Kevät - oi kevät! Aivan kuin ikkunoissa lepattavat valkoiset, vastapestyt pitsiverhotkin haluaisivat karata ulos tuulen mukana, haastaa tanssiin isännän tuuliviirin.

Kevät on niin runsas, että vaikka kuinka kiirehtisi, siitä saa itselleen vain pienen hippusen. Joka kevät haluan mökillä juopua lintujen laulusta, sanalla sanoen vetää sitä pääni täyteen, sillä vuoden kierrossa laulua kuullaan loppujen lopuksi vähän. Ja mieleni kehrää kuin sylikissa istuessani kuistilla keväisessä hämärässä tuijotellen iltatyynellä järvellä lipuvaa ylvästä joutsenta, ihaillen vastarannan koivuja, vihreää himertäviä, niin valkokylkisiä, niin suomalaisia, että voisi luulla niiden tanhuun ryhtyvän ja kaikki kevään tuoksut siinä ympärilläni!

Sitten ovat ne illat, jolloin haluaisi lähteä vaeltamaan. Kulkea illan, yön hämärässä vanhoja maalaisteitä, ohi uinuvan maiseman, ohi usvaisen niityn, ohi yksinäisen tammen. Vaeltaa sinne, missä unet ja runot kohtaavat.

Kimaltaa järvi
kultaista oranssia
väräjää lehti.
Helähtää metsässä
varhaisen linnun ääni.

VÄHÄN RESPEKTIÄ

Käännyn mökkitielle. Tien oikealla puolella aina noin sadan metrin välein seisoo huomioliiveissään eläkeläismies, juhlaparaati keskellä erämaata. Pysäytän auton, avaan ikkunan ja kysyn, kuinka karhunmetsästys sujuu. Sujuuhan se, on kuulemma kaksi karhua paraikaa kierroksessa, toinen karhu minun mökkini puoleisessa metsässä, toinen kauempana tien toisella puolella. En saa toivotetuksi hyvää metsästysonnea - päästän vain jonkun epämääräisen puhekuplan suustani ja jatkan matkaa.

Ajaessani eteenpäin näen kapealla mökkitiellä digitaalisesti varustetun, teletappia muistuttavan koiran, joka lähes hurmostilassa vimmatusti ympyrää pyörien ja hajujälkiä hakien tai ne juuri hävittäneenä lähes jää autoni alle. Valtava määrä miehiä saartorenkaassa, koiria ja kaikki tämä elektroniikka, digitalisaatio apunaan vanhat äijät näppäilevät tablettejaan, kommunikoivat kaiken maailman mobiililaitteiden avulla ja kuka onkaan se onnellinen, joka saa ampua tappavan luodin ja josta puhutaan karhunkaatajana. Tämä ei ole reilua taistelua karhukansaa kohtaan. Karhuilla on vain nopeat kinttunsa ja nokkeluutensa selvitä, ei muita apuvälineitä.

Onnekseen karhut ovat hyvin älykkäitä. Kuusamon Karhukeskuksen oppaan mukaan karhu on delfiinien jälkeen nisäkäslajeista älykkäin. Keskustelin Ilomantsissa vanhan miehen kanssa kahvilassa ja hän kertoi, että kyllä karhuja on paljon, mutta viisaimmat, vanhat yksilöt siirtyvät jahdin alkaessa hyvissä ajoin Venäjän puolelle palatakseen takaisin tilanteen rauhoituttua. Osaavat peijakkaat!

Kiintoisaa on myös se, että viimeisen sadan vuoden aikana karhu ei tiettävästi ole hyökännyt yhdenkään lapsen tai naisen kimppuun. Todennäköistä on, että erityisesti emokarhu tunnistaa tarkkojen aistiensa ja lajiperimän turvin sitä vuosituhansia jahdanneen ihmisuroksen ja on siksi aggressiivisempi miespuolisia metsässä liikkuvia kohtaan.

Minä koen karhun ja ihmisen suhteen myyttisenä ja perustan sen vuosituhansia jatkuneeseen yhteiseloon ja kunnioitukseen, joka aikoinaan ilmeni monenlaisissa rituaaleissa ja peijaisissa ennen ja jälkeen usein tasaväkisen mittelön. Keihäällä tai kirveellä tapettua karhua puhuteltiin kunnioittavasti, arvostettiin esi-isänä ja monin keinoin lepyttelemällä pyrittiin rauhoittamaan sen sielua, jottei se jäisi levottomana kiusaamaan ja häiritsemään maan päälle.

Uskottiin, että karhu syntyi taivaalla, Otavan tähdistössä. Osa sen luista palautettiin takaisin metsään ja se mahdollisti kontion ikuisen kierron maan ja taivaan välillä. Kallo ripustettiin Pyhän Hongan oksaan, koska ajateltiin Hongattaren olevan karhun kasvattaja. Monenlaisia olivat keinot, jotta arvostettu kilpakumppani pääsisi takaisin taivaalliseen alkukotiin ja rauha palaisi metsästäjän ja uhrin välille.

Illalla sytytän nuotion, mielialalääkkeistä tehokkaimman. Päätän, että minun metsässäni vallitsee metsän kulttuuri, minun metsässäni vallitkoon karhun, suden, ketun ja haukan kulttuuri. Tämän kovaäänisen julkilausumani jälkeen, joka nostattaa pojan kulmakarvat hiusrajaan, rauhoitun nuotion lämmössä. Vähitellen hämärä tiivistyy ja lopulta vallitsee täysi pimeys nuotion valokehän ulkopuolella. Yhtäkkiä terävä laukaus kiiri ilman halki aivan lähistöllä. Toivon kovasti, että se olisi huti.

Seuraavana aamuna kuulen, että molemmat karhut ovat päässeet saartorenkaan läpi Venäjän puolelle. Toinen karhuista oli juossut hirven jäljissä, sen varjossa ja eksyttänyt koirat, jotka olivat saartaneet vahingossa hirven ja karhu oli painellut rajan yli kaikessa rauhassa. Niinpä niin, aikamoisia veijareita!

SYREENEITÄ ODOTELLESSA

katselin rentukoita ojan varsilla.
Otin kesän ensimmäiset löylyt.
Lintujen iltavirsi raikui metsässä,
soi oranssia, vaskea ja kultaa.
Vähitellen, kun hämärä hiipi poukamasta
veneen takaa
ja terassilla saattoi yön terävässä kauneudessa
aistia kasvavan viileyden,
tuntui hivenen yksinäiseltä.
Tai ehkä se oli vain tunne
ihmisenä olemisen rajallisuudesta,
ihmisen pienuudesta ja
kaiken elämän sattumanvaraisuudesta
suhteessa luonnon suuruuteen ja kauneuteen.

MÖKILLÄ TAPAHTUU III

Kesäyön lämmössä istun kuistilla, juon yökahvit ja seuraan ison lintuparven muuttoa järveltä toiselle. En tunnista lintuja, mutta hetkeksi koko tienoo täyttyy niiden äänekkäistä ja riehakkaista huudoista. Huudot kaikuvat terävinä, miltei vihlovina lintujen jo kadottua niemen taakse. Ne ovat kuin ravintolasta palaava remusakki tässä yön hiljaisuudessa.

Vaikka alkukesän riehakkuutta ei metsässä enää ole, vaikka metsä näennäisesti on vaiennut, tapahtuu koko ajan.

Pikkulintu lennähtää oksalta toiselle, sen tumma varjo lehahtaa äänettömästi ja salamannopeasti - ei sitä suotta kutsuta sanansaattajaksi tämän ja tuonpuoleisen välillä.

Nyt, yön pimeimpinä hetkinä jokailtainen tuttavani sammakko istuu rappusella kuin Pyhä Buddha syvään meditoiden. Kalan polskahtaessa laiturin päässä suorastaan pelästymme molemmat. Kuistin alla metsähiiret rapisevat, metsä hengittää, tuhisee ja yöeläimet - niiden tuhannet pikku käpälät ja tassut viettävät lisäkseni leppoisaa kesäyötä.

Jos todellista hiljaisuutta hakee, kannattaa tulla mökille syksyllä. Yön ehdottomassa pimeydessä, kun mökkiä ympäröi mustan betonin kaltainen esirippu ja kun kuulet hiljaisuuden sykkeen veresi kohinassa, voit kohdata vain itsesi.

Kuinka odotettu onkaan silloin kuu!

Se valaisee metsän tummat syvänteet, inspiroi rakastavaisia, lohduttaa levottomia, rauhoittaa. Ja jos vielä onnistuu laituriltaan näkemään järven yli äärettömyydestä äärettömyyteen kaareutuvan ja aina ylös avaruuteen päin syvenevän linnunradan, voi hetken kokea olevansa jopa pelottavan lähellä jotakin itseään suurempaa.

Joskus voisin riemusta kiljahtaa:" Ajatella, minä omistan kaiken tämän, kaiken tämän hiljaisuuden".

Mutta sinä samaisena kesäyönä sade keskeytti kahvihetkeni. Se tulla tassutteli järven yli, hyppeli iloisesti rantakivikossa, supisi lepikossa ja lopulta iski täydellä teholla kuistille.

Kuuntelin sisällä sateen rummutusta huopakattoa vasten ja unta odotellessa ajattelin pientä rumpalipoikaa, ta-tam-tam-ta.

LINNUNRATA

Loikoilen laiturilla. Yö on jo laskeutunut. Elokuisen hellepäivän jälkeinen yö. Erämaan pimeydessä silmät tavoittavat Linnunradan, avaruuden laidasta laitaan kiitävän valtatien. Katseen siihen pysähtyessä avaruus alkaa hiljalleen laajeta, myös syvyyssuuntaan ja näyssä on jotakin pelottavaa. Muistan, että unessani olen kerran kellunut järvellä tähtiä ihaillen. Yhtäkkiä tähdet alkoivat liikkua kuin hitaassa tanssissa, lähestyivät, etääntyivät, muodostivat uusia geometrisia kuvioita kuin ennalta laadittujen askelmerkkien mukaan. Unessa ymmärsin, että taivaalle on kehkeytymässä Jumalan kasvot. En kyennyt katsomaan häntä kasvoista kasvoihin, vaan käänsin pääni pois. Nytkin laiturilla maatessa alkaa huimata. Äärettömyyskö minua puhuttelee? Suljen silmäni ja kuulen lähistöllä airojen hiljaista narinaa. Toinenkin öinen tähtien ihailija.

Lähden tallomaan rantapolkua tuvalle päin. Pikku tupani on kuin elävä organismi. Se toivottaa minut tervetulleeksi valojen paistaessa kuistilla, avaa ovensa kuin sylin.

Mökissäni mietin, onko joku, joka näkee tämän valon, tämän pienen pisteen loputtomien tähtien joukossa, meidän planeettamme, minun tupani? Vai olemmeko täällä aivan yksin? Yö vaikeni. Metsä humisi hiljaa aivan kuin olisi puhunut kieltä, mitä en ymmärrä.

ÖISIN

vanhat naiset
valvovat,
katselevat järvelle.
Usvapatsaat tervehtivät heitä.

Vanhat naiset
istuvat patterin ääressä,
kuuntelevat sen köhinää.
Syövät rinkilää.
Tai tupakoivat.
Eikä yö mahda heille mitään.